i
imaginist

想象另一种可能

理
想
国
imaginist

第 11 部小说，第 18 本书

[挪威]达格·索尔斯塔 著　　邹雯燕 译

北京日报出版社

Ellevte roman, bok atten
© Dag Solstad
First published by Forlaget Oktober AS, 1992
Published in agreement with Oslo Literary Agency through The Grayhawk Agency
Simplified Chinese character translation copyright © 2022
by Beijing Imaginist Time Culture Co., Ltd.
All rights reserved
This translation has been published with the financial support of NORLA

北京版权保护中心外国图书合同登记号：01-2022-4564

图书在版编目 (CIP) 数据

第 11 部小说，第 18 本书 /（挪）达格·索尔斯塔著；邹雯燕译 . -- 北京：北京日报出版社，2022.10
ISBN 978-7-5477-4360-7

Ⅰ.①第… Ⅱ.①达… ②邹… Ⅲ.①长篇小说－挪威－现代 Ⅳ.① I533.45

中国版本图书馆 CIP 数据核字 (2022) 第 133757 号

特邀策划：李恒嘉
特邀编辑：李恒嘉
责任编辑：许庆元
装帧设计：陆智昌
内文制作：李丹华　陈基胜

出版发行：	北京日报出版社
地　　址：	北京市东城区东单三条 8-16 号东方广场东配楼四层
邮　　编：	100005
电　　话：	发行部：（010）65255876
	总编室：（010）65252135
印　　刷：	山东韵杰文化科技有限公司
经　　销：	各地新华书店
版　　次：	2022 年 10 月第 1 版
	2022 年 10 月第 1 次印刷
开　　本：	850 毫米 ×1168 毫米　1/32
印　　张：	6.25
字　　数：	92 千字
定　　价：	52.00 元

版权所有，侵权必究，未经许可，不得转载

如发现印装质量问题，影响阅读，请与印刷厂联系调换当这个故事开始的时候,比约恩·汉森刚满五十岁,他正站在孔斯贝格火车站等人。这时候距离他离开同居了十四年的蒂丽德·拉默斯已经四年,在他来孔斯贝格之前,这个地方都没出现在他的地图上过。现在他住在孔斯贝格市中心一间现代公寓里,就在火车站的旁边。十八年前当他来到孔斯贝格的时候,他只带了很少的个人物品——衣服和鞋子,还有一箱子又一箱子的书。当他搬离拉默斯的别墅的时候,他也只带走了自己的个人物品——衣服和鞋子,还有一箱子又一箱子的书。这就是他的家当。陀思妥耶夫斯基、普希金、托马斯·曼、塞利纳、博尔赫斯、汤姆·克里斯滕森、马尔克斯、普鲁斯特、辛格、海因里希·海涅、马尔罗、卡夫卡、昆德拉、弗洛伊德、克尔凯郭尔、萨特、加缪、布托尔。

在分手后的四年里,每当他想起蒂丽德·拉默斯的时候,他总是很庆幸这一切都过去了。但同时他又非常惊讶,几乎是难过地发现自己已经无法理解,或是再次体会到他为什么曾经被她吸引,而他曾经对此深信不疑。他为什么要结束自己和蒂娜·科皮的婚姻,离开她,离开他们两岁的儿子,带着隐秘的希望跟着蒂丽德·拉默斯的脚步来到孔斯贝格,希望她能接受他?就是因为蒂丽德·拉默斯,他才会来到孔斯贝格。如果不是因为她,或者说不是因为这已经被遗忘的对她的迷恋,他是绝对不会到这里来的,永远不会。他的人生将会不同。他绝对不可能去申请孔斯贝格税务办公室的职位,绝对不可能申请任何地方的职位,大概率他会继续留在部里,他在那边的职业发展还不错,到了现在估计已经是局长,或者会转到电信局或是国家铁路那类部门担任更高级的职位。绝不可能是税务办公室。绝不会是孔斯贝格。

让他沮丧的是,他再也无法体会初见蒂丽德·拉默斯时对她的迷恋。在他记忆中,她是神经质而脆弱的女人。初见她的时候,她刚从居住了七年的法国回来，有一段破裂的婚姻。她到了奥斯陆定居，很快找了个情人。这个情人就是他。这种迷恋是因为这个女人的神经质构成的气氛吗？那种心中不安的悸动？半年后，她的父亲去世了，她搬回了家乡孔斯贝格。住在一幢老别墅里，和姐姐一起接管了一家花店的董事会，还在孔斯贝格高中当老师，教法语、英语和戏剧。

她父亲是九月去世的。她回家参加了葬礼，处理了遗产，一个星期后回到了奥斯陆。她和从前一样生活了一个月，然后突然决定要搬回孔斯贝格去。星期三的晚上她和情人说了这件事，星期天就走了。当她说要搬家的时候，他最初感到的是一阵轻松。他终于能回到自己生活的正轨了。他当时已经和蒂娜·科皮结了婚，他们有一个两岁的儿子。他从没和蒂娜提过蒂丽德，这是他秘密的爱情探险。其实她这个时候离开，去孔斯贝格是最好的，离开他的生活，不在他的意识中留下更多的痕迹，除了那一点点偷来的快乐的记忆。

可他发现自己没有办法放弃。他必须去孔斯贝格，去她那里，要不然他觉得这辈子都会为此后悔的。是的，在他看来，就是这个清晰的、知道自己会为此后悔的认定让他无法回到蒂娜和儿子的身边,像从前一样生活。没有那个秘密的情人。因此,他只能将自己的秘密一股脑儿倒给妻子,离开了那段婚姻。

最初听蒂丽德说她要回老家定居的时候,他感觉到的是轻松,他其实知道这段关系无法长久,那个时候他已经能很清楚地看到十四年后让他离开她的原因。他从没幻想过她会带来幸福,但她真的离开的时候,他才意识到他那么想她,这近乎一种道德的诉求,让他想要到这个每时每刻都在向周围环境发送紧张的信号的女人身边。她永远不安,总是有那么多的想法,每日,每时,每刻。

他和蒂娜说的大概是他遇见了真爱,他无法放弃。他大概就是这么说的。但让他不快的是他已经记不起任何蒂丽德·拉默斯那时候的任何事,能让他印证自己说过的这些话。除了一些微不足道的小事,比如他和蒂丽德手挽着手走在人行道上,蒂丽德看到人行道前面有块香蕉皮,她弯下腰,没有松开他的手臂,把它捡起来然后扔到了大马路上,兴高采烈地说:"愿汽车在上面打滑。""我的天哪!"他当时(或者是之后)想,"这就是她解决问题的办法。"他当时在部委工作,在六年前获得社会经济学的学位之后,他就一直在那里工作,才三十二岁就已经当上了办公室的负责人。他的情人也是三十二岁,教师。但是她会从人行道上捡起香蕉皮,然后把它扔出去,扔到车道上去。简直是太疯狂了,他肯定是觉得惊奇和不安,起码是想到将来可能要和她共同生活(后来就是这样)。难道是那样的事情让他和蒂娜说,他遇到了真爱,无法放弃?选项二是他可以说自己有了一段奇遇,他无法放弃。他必然是没有办法这么说的,哪怕这其实准确地表达了为什么比约恩·汉森,一个来自挪威沿海小城的穷苦男孩,这个在国家部委工作的成功的年轻公务员要离开自己的妻子和两岁的儿子,去到孔斯贝格,去面对不确定的未来。令他深深迷恋的,让他深陷其中,强烈得让他几乎喘不过气来的,就是这种冒险,而并非对蒂丽德·拉默斯的爱情。是它的诱惑。在比约恩·汉森的内心深处,他知道这种短暂的幸福是这个地球上最令人向往的东西。在偷偷去蒂丽德·拉默斯在奥斯陆的圣汉斯海于根那间小公寓的时候,他体会到了。他从未有过如此强烈的感受。正因为他知道自己正身处一个不能停留很久的房间。这是赌博。是偷来的快乐。

既然这种偷来的快乐的对象是蒂丽德·拉默斯,他就对自己说,让他无法放弃的是对她的爱,但事实并非如此。蒂丽德·拉默斯当然也并不身处这种冒险之外,她为他们的关系创造了条件。她的表情,她的眼神,她的手势,都让他的身体一阵阵颤抖,那么纤细的手腕!这么优美,带着法式的优雅,她走路的样子,所有的一切都给他们的关系增加了一层光彩。这一切,那时他都知道。实话说,他完全是清楚的,他非常清醒地玩着这个游戏,培育着这些偷来的瞬间。他应该这么和自己妻子说:我无法知道这是不是爱,因为我几乎不了解她。我对她的认识只在一些特定情状下产生,那是我幻想中的对象。那些情状满足了我内心的很多向往,是的,我对生活的那些期望,所以当她离开这些情状,与这一切割裂之后,我必须去追她,再次找到她。

对于这次分手,他唯一后悔的是他没有和自己的妻子直截了当地说,这究竟是怎么回事。或者是他接受了过去的就是过去了。现在,在十八年后,他也接受那时候离开一无所知的妻子和睡在隔壁房间里的孩子,去寻找对他来说代表着一场冒险的女人的决定是正确的。虽然他知道冒险其实已经结束，因为他离开了自己的婚姻，去追逐蒂丽德·拉默斯了。他并没有寄希望于重燃激情，可他希望能保存这样的回忆，她，还有和她在一个房间中的呼吸。他无法放弃。他在这种清醒的婚外情中找到了强烈的兴奋感，那种他在艺术和文学中看到过，却一直无法真正理解的东西。

于是他走了。他告诉蒂娜·科皮自己被爱情捕获，必须跟从它的声音。蒂娜·科皮当时看上去好像要休克了。她坐在凳子上一动不动，只是盯着他，听他一遍一遍地重复：这就是原因，我早该知道的。他一直很害怕歇斯底里的场景，特别是现在，他害怕他们会冲对方大吼大叫，把隔壁房间的儿子吵醒，然后他们就必须去哄他。估计会是他把儿子抱起来。还好一切并不是这样。比约恩·汉森收拾了几件个人物品，来回搬了几趟放到车里。他每次回到房间的时候，她都呆呆地坐着，然后他再重复了一遍："这就是原因。"最后等他都搬好，他就离开了。

他开车去了德拉门，在欧洲18号公路橘黄色路灯的照射下，他沿着德拉门河东岸朝着霍克松开去。到了那里道路分岔，一边是继续沿着德拉门河去往孔斯贝格、诺托登、尼默谷、上泰勒马克郡去的，他就是要往那里去。但在那之前，他在橡树客厅外面停了下来，这是路牌正前方的一家乡村餐厅。他走了进去。夜已经很深了，但里面还有不少客人，他们吃着肉饼三明治，喝着咖啡——都是像他一样开车的人，或是拖车司机，他们的拖车又大又重，就停在门外。比约恩·汉森直接去了电话机那里，给蒂丽德·拉默斯打电话。把钱塞进电话机，开始拨号的时候，他特别特别紧张，他自己都能感觉到，因为在他出发去找她之前他并没有和她说。（我不想做一个已婚男人的情人了，她在决定要搬家去孔斯贝格的时候，是这么和他说的，语气非常的平静。她从来都没让他感觉到希望他做点什么，让她不用做情人。）他听到了她的声音。在那同时也听到硬币掉进电话机里的声音，他可以开口说话了，他知道她能听见。他和她讲了刚才发生的事情，他现在在德拉门北边两英里的一个路边餐厅里，就在去孔斯贝格的路牌前面一点的地方。他问她能不能去找她，她说"好"。

他又坐进车子向孔斯贝格开去。他进入挪威中部，那是寒冷、被森林覆盖、偏远（除了对住在那里的人来说）的挪威，虽然它距离首都也不过七英里远。那时正是冬天，天空中飘着雪。道路很窄，国家公路很滑，很曲折。冰冷紧凑的雪被推到路旁，筑起高高的雪墙。田地和平原掩埋在白雪之下。散布的农场。杉树林。一盏孤零零的灯被随意地放置在现代的一层楼房子的墙边，四周都是皑皑的白雪。冰冻的湖。僵硬的河流。破败的杉树。道路边的石头上盖着一层厚厚的冰，被比约恩·汉森的车头灯照亮了。这段旅程比他预计的长很多，因为在这样的冬景里，他只能一直保持很低的车速，穿行在狭窄、蜿蜒和光滑的道路上，越来越深入地进入这样的景观，直到爬上一个大坡，他才突然发现自己已经到了一座城市的边缘。很快他下了主路，开进了灯火通明的孔斯贝格。

已经是深夜了，但路上的人出奇的多，大概是因为 23 点 10 分最后一场电影刚刚结束。他漫无目地地开着车，想找一个出租车车站。他在火车站旁找到了出租车站。他停下车，走到一个坐在出租车里等活的司机旁边，拿出一张写着蒂丽德·拉默斯的地址的小纸片问他。司机很详细地告诉了他要怎么开。五分钟之后，他的车停在了一座很大但有点破败的别墅前。根据地址，他判断这就是蒂丽德·拉默斯住的地方。

她没有站在门口等他。他按了门铃,过了好一会儿,起码他是这么觉得的,她才来开门。但当她打开门的时候,她看起来很高兴见到他。她点着壁炉,准备了菜和酒,等着他一起吃。在她继承的这座又大又通风的大别墅里,她看上去很平静,很松弛,比他想象中要松弛得多。

后来他在这座老旧的别墅里住了十四年,和蒂丽德·拉默斯住在一起。他一直留在了孔斯贝格。最开始的时候,他每日往返于奥斯陆和孔斯贝格,继续在部里工作。蒂丽德·拉默斯是谁?在奥斯陆,她是他在这座熙熙攘攘的城市里偶然遇见的一个女人,让他着迷。现在她回到了家乡,搬进了自己童年时代的家,生活在一个只在从前偶尔出现,但相当迷人的框架中。在奥斯陆的时候,作为她的情人,他最关注的是她的过去,她在法国的七年时间,这让她变得更有智慧(他是这么想的),同时也赋予了她的动作某种特质(因为他的冒险给这一切笼罩上的光芒)。他觉得自己离不开这些。尤其是她的手势。这种地中海式的用手势来配合嘴里说的话的美学深深地吸引了他。他几乎是孩子气地不大注意她说了什么,注意力都放在了她是怎么说的上面。似乎他就顺便成为她的小城生活的一部分，在她带着异国情调的表述形成的框架中。那个法式的女人讲着自己在孔斯贝格的那个不可救药的姐姐。但是现在，这一切都成了蒂丽德·拉默斯的现实，同时也成为他生活的一部分。拉默斯的家族曾经拥有差不多半个孔斯贝格。森林、土地、商店、地产、木制品商店等等。但在她父亲去世的时候，他们只剩下了一家花店、一家加油站，还有拉默斯家的老别墅。姐姐要了获利丰厚的加油站，她的丈夫在管理它。在很多次的讨价还价后，蒂丽德得到了老宅。然后姐妹两人共同拥有花店。这一切造成的分歧，在比约恩·汉森十四年后离开别墅搬出去自己住的时候依旧没有弥合。问题的本质其实就是谁能真正代表他们继承的姓氏——拉默斯，用最正确的方式。

从表面上看，蒂丽德·拉默斯显然是更胜一筹，比约恩·汉森身为她男友，很长时间以来也是这么想的。她的一生都在反对资本主义，瞧不起金钱和姐妹搜罗东西的行为，她是这么说的，也很公开地这么表示。有一次，他们在拉默斯别墅办派对时，当一个有着两百年历史的酱汁壶从她手中滑落，在地上砸个粉碎，酱汁流淌在陶瓷的碎片中的时候，她的眼睛里闪着喜悦的光芒，笑着说："这真是一个历史性的时刻！两百年从我手中溜走，变成了虚无！"客人们热烈地鼓掌，但比约恩·汉森知道，这个酱料壶破碎的场景会在这之后一直折磨她。因为这件事发生的时候，他已经和她同居两年了。

他们住在一起后不久，有一天晚上他从奥斯陆的单位回来。她在晚餐的时候，把《洛根达尔日报》放到桌上，指了指上面的广告。比约恩·汉森觉得自己是个稳重、内向、不太会随机应变的男人。这则广告是招聘启事，孔斯贝格要招一个首席税务官，正鼓励符合要求的申请人申请。比约恩·汉森读了广告，然后带着疑惑的眼神看了看蒂丽德。是这则广告中的什么字眼触动了她反官僚的幽默感吗？蒂丽德又用手指了指广告，用英语说："适合你，亲爱的。税务官，这肯定是你能做的。"比约恩·汉森又看了她一眼。他笑了起来："是啊，为什么不呢？"

是啊，为什么不呢？他为什么不申请在孔斯贝格的税务官的职位呢？毕竟他现在已经住在这个城市了。说干就干。比约恩·汉森认真地申请了孔斯贝格的税务官的职位。

税务官是什么？就是管理收税的。他的责任是确保国家和市政府的税费能够准时、准确地收上来，并且在他们没有这么做的时候，采取必要的措施。最初这是个很高级别的官员职位，是国王指派的，后来演变成了税务官——城市公务员，是被信任和尊重的人。当税收官员从王家指派的官员变成了市政府公务员，也说明这个国家从中央集权转向成了广泛的地方民主。小城里的税务官不是什么高级官员，是通过挪威的城市正常的招聘流程招来的，通常没什么学术背景，不过是上过商科学校或是商科高中，然后在税务办公室慢慢做上来的。

比约恩·汉森去应聘对税务办公室来说不是什么受欢迎的行为。因为他通过公务员考试的背景和在国家部委的工作经验其实是远高于应聘的要求的，因此，他也超过了办公室里两个资深的办事员。虽然他们没有表现出来，但他们都默默觉得自己应该是成为领导的人选。比约恩·汉森在他们鼻子底下把这个职位抢走了。在他第一天上班，出现在同事面前的时候，他们就一致把矛头对准了他——这个搬到拉默斯别墅和蒂丽德·拉默斯同居的外乡人，这个三十二岁的上过太多学的势利眼——甜点男孩。

他把家搬到了孔斯贝格。他申请了这个城市的税务官的职位，算是某种灵机一动吧，然后得到了这份工作。事实上，对此他也只能耸耸肩。他为什么要去做税务官？这实在是一时冲动，他想，他自己也对此十分惊讶。但蒂丽德在拉默斯别墅的客厅里边走边唱：我男人是税务官。我男人是税务官。我和税务官住在一起。比约恩·汉森欣赏地看着她。他不得不笑了起来。

蒂丽德·拉默斯很多大胆的言语经常让他感觉神奇。受到这种鼓励，他耸了耸肩，开始了每日的工作。他觉得这份工作，说客气点，差不多算是职业上的死胡同吧。好吧，他之前就知道这一点的，他耸了耸肩。他只是想在孔斯贝格找份工作，他已经厌倦了往返奥斯陆（这也影响了他们之间的关系）。他对在部里继续工作没什么意见，但要住在孔斯贝格的话就太不方便了。他现在就住在孔斯贝格，这是个事实。

比约恩·汉森是在奥斯陆峡湾边上的一个小城里长大的，他父母都是很普通的人。他是个穷孩子，但凭借聪明的脑袋，他还是上了高中。

十九岁的时候他去服了十六个月的兵役,在那之后,他就必须决定自己将来要做什么。比约恩·汉森决定去奥斯陆继续学习。哪怕他更感兴趣的是艺术、文学、哲学和生命的意义,他还是决定去学经济。一方面因为他计算能力和数学一直都很好,另一方面是因为他有种模模糊糊的感觉,他要过好的生活,不想像父母那样过得那么清贫,他想远离这种酸楚的折磨。当然艺术和文学,哲学和生活的意义对他来说并不是酸楚的折磨,但它们对他来说太奢侈了。艺术和文学不能成为他的专业,却是他可以在业余时间深入的兴趣。像他这样普通的背景,他不可能用这种专业找到工作。所以就学经济吧。不过,学经济也有两个方向,他可以去卑尔根学工商管理,或是在奥斯陆学习社会经济学。比约恩·汉森一直想成为社会经济学家。工商管理专业会让他进入私营经济,那里当然是非常刺激的丛林世界,但这和他自己的情况,他的道德和社交能力相差比较远,所以行不通。出于一种对社会的责任感,他选择了社会经济学,然后在公共部门得到了长期的工作。不过,他成为公务员,也是因为没有别的选择。

  他遇到蒂丽德·拉默斯的时候,他已经在部

委工作了六年的时间了（比约恩·汉森总是说：我曾经在部委工作，但在他到孔斯贝格的十八年中，他从来不说是哪个部），如果有人问是哪个部，他都会回答，啊，就是一个部呗，我都记不清了。虽然每个人都知道他在撒谎。他当时已经在上升的阶梯上了。对此他没什么好辩解的，这非常自然，他觉得自己当上局长或是司长是很自然的事情。他在部里做得很好，他觉得做预算很有意思，而且他也很明白他做的预算的工作，虽然程度不同，但会对成千上万挪威人的生活产生实际的影响，这种想法自然不会让人失去对自己工作的兴趣。比约恩·汉森做这份工作的时候会非常理智，他也想继续这么做下去。但当蒂丽德笑着鼓励他在孔斯贝格申请税务官的职位的时候，他也并没有什么挣扎地辞掉了部里的工作。在后来的十八年里，他也从来没有怀念过它。

他是因为蒂丽德才来做这个税务官的吗？如果没有她的鼓励，他是不会做税务官的。如果没有她兴奋地说出自己的伴侣是城里的税务官的话。那简直是疯狂的，她的眼睛闪着光芒，他那时想："我做！我当然会做！"在那一刻，他真的为自己会这么做而感到一种巨大的满足感。这是和之前所有的一切做最后的切割。这将他和蒂丽德·拉默斯绑在了一起,和这个城市绑在了一起,将他们与这座大大的、破败的拉默斯别墅绑在了一起,和有着这么多荒唐的来来往往的、让他如此始终着迷的奇遇绑在了一起。

不过,令蒂丽德(还有他自己)感到惊奇的是,他从一开始就对这份工作非常认真,一丝不苟。有一点是因为他从一开始就感觉到税务办公室里对他的抵制,那两个被超过的人。说实话,他觉得自己对他们是有些不礼貌,毕竟这原来是他们的工作领域,他们在争夺这个职位,没有得到的人会始终盯着对方,默默地,在所有可能的情况下强烈地反抗对方。而不是像现在这样,像朋友一样团结在一起,像是半生不熟的朋友一样,在这段时间里恶毒地针对他——新的税务官。他这个刚刚步入领导岗位的人(他有十六位下属)要操心这样的阴谋和诡计。一个一直觉得自己会成为这个城市的税务官的快五十岁的税务办公室的工作人员,在失败之后能弄出的幺蛾子几乎无法用语言形容。而且在这种情况下,就像俗语说的:两个同样的肘节,两根同样的羊毛会让税务办公室的气氛紧张到不行。俗话说"钩子上不存土",人们总以为政府的工作人员每天在办公室里都是干巴巴的,可实际上根本不是如此,那里充满了脓肿和欲望。但这种氛围让他变得更坚强,更成熟,虽然可能这算不上是个人的成长,但起码作为税务官的成长是可以说的。总之,这一切都是有意义的。

另外一个让比约恩·汉森从当上孔斯贝格城市税务官的第一天就很认真的原因,这是他的工作。他申请了这个职位,然后得到了它,这不是他的人生使命,但是他的工作。比约恩·汉森认为工作是一种必要的东西。就像我们之前听过的他在选择专业的时候,也是基于他希望自己能有资格从事什么必要的工作。在工作完成之后,人就可以沉迷于生活真正的内容。就比约恩·汉森而言,这显然是一个女人。和一个女人,和蒂丽德·拉默斯生活在一起。人首先得尽到对社会的义务,让轮子转起来,让社会能够好好运行,让屠夫那里有牛肉,让孩子和青少年有学校,身上有衣服穿,大厅里有电灯的开关,水管里有自来水,电台里有人可以和你讲话,有人制造东西,另一些人把它们送去商店,有人在经营那些商店。当收音机坏掉的时候,有人去维修它们。世界就这样转动，在孔斯贝格下雪时，清雪车将积雪铲掉，堆到马路边上，让车轮能继续转动。这一切，都和比约恩·汉森领导的税务办公室的工作有关，他让城市能够有足够的钱来维持它们的运行。他已经成为这个国家的这个城市坚不可摧的税务官，政府严格的仆人。

孔斯贝格位于挪威的中部，在洛根河边，而这条河在城里拐了个漂亮的弯，将新城和老城分割开来。一座庄严的大桥连接着老城区，那里有很多赞美采石和伐木工人的写实主义雕塑。现代化的市中心就像所有别的城市一样，有着可以让大家尽情购物的商业大街，这是现代文明的基石，从毛线针到先进的计算机。在这里人们能够找到快节奏的生活。大多数的行政机构都在老城区，被二十世纪七十年代的老旧木建筑包围着。山坡上有座大教堂。警察局在一座古老的贵族别墅中，一座阴沉沉的监狱和其他建筑环绕在教堂广场周围。还有消防站和多功能市政厅。

这座城市是围绕着银矿建造起来的，那是丹麦-挪威联合王国时期唯一的银矿，所以克里斯蒂安四世下令在这里建城。上千的工人、德国的采矿专家和丹麦的官员都居住于此。小城风景优美，周围有起伏的山丘,从春季到秋季都是一片绿色,直到冬天被白色的冰雪覆盖。这里有孔斯贝格军工厂,国王硬币厂——至今依旧制造着挪威的硬币。这里还有很多其他行业,各种公司、商店,牙医、律师、医生、商店导购、白领、教师、政府公务员,还有工人。所有人都要纳税。

比约恩·汉森很快融入了小城的生活和作为税务官的身份。很快,从拉默斯别墅出门去市政厅旁的税务办公室的路上,他会遇到好几个和他打招呼的人。他每天会走这条路两次,早晨去办公室,下午从办公室出来。大多数工作日他都会待在办公室里,只是有时候需要去市议会开会,报告迄今为止收税的进度,然后与预算案中设定的时间表进行对比。这种生活很舒服,他的工作责任重大,但并不紧张。大多数时间只是例行公事,只要你已经掌握了它的原则,它几乎能自己向前推动。他从来没有把工作带回家过。基本上,他觉得大家都对他很友好。很少有人认为他是国家政权的机器,会采取强力措施减少拖欠的税款和未缴纳的增值税。很少有人想到当他在一份公文上写下他的名字,他签字的时候,就意味着政府要收缴它应收的税款,没有讨价还价的余地。当税务官比约恩·汉森的名字写在一份文件上，就意味着他的下属会出去，打电话给私宅，进到里面去，不管他们如何抗议，搬走电视、家具、绘画，作为他们拖欠政府税款的抵押。他也会宣告一些企业和公司的破产，这不仅会给倒霉的企业主造成影响，显然也会给所有在这些企业和公司埋头苦干的人带来巨大的损失。但在他走在路上的时候，人们还是很友善地和他打招呼，他也会友好地回应。哪怕大家也听说过在税务办公室内部的不合，他这个外来者和两个孔斯贝格土生土长的下属不对付，不过这并不影响他们对他点头致意。这倒不是因为他在税务官的岗位上和这个城里的很多人有联系，尤其是企业和政府机构部门的人，而是因为和他打招呼的大多数人都和他一样，是孔斯贝格戏剧协会的成员。

他不但加入了孔斯贝格戏剧协会，还是个很积极的会员。起初是蒂丽德·拉默斯拉他进去的。她在青少年的时候就曾做过业余的演员，现在她回到了家乡，不需要多加思考，她就又一次加入了孔斯贝格戏剧协会，她的很多儿时伙伴依旧还在协会里。在她离开家乡的这些年里，她也有了很多进步。她在挪威和法国都学习过戏剧,还在孔斯贝格高中教戏剧课、公共课英语和法语。她能提供重要的资源,大家一下就张开手臂欢迎她的加入。很快她就开始想要说服比约恩一起参加。他刚开始一直拒绝,说自己不会演戏,但她说不演戏也可以有很多事做,毕竟这主要为了融进这个圈子。只是比约恩·汉森觉得,如果他不演戏,他在这个圈子里就低人一等,他不想这样。蒂丽德高声反对,说她非常确定他是可以成为一名好演员的,他只是没有尝试过而已。而且,在孔斯贝格戏剧协会里,所有的人都是平等的,这是原则,主角是轮流担任的。所有人都要参与,因为要做一场持续整个下午的戏剧演出有无数的工作要做。结果就是比约恩跟着自己的伴侣去排练,填写了入会申请,然后就加入了。

孔斯贝格戏剧协会每年会排一个戏,这是年度的盛事。秋天,他们会在孔斯贝格电影院演出六场,准备工作从前一年的圣诞节那时候就开始了。第一次的演出里比约恩·汉森是全能手,重要的幕后工作者。他要跑腿,处理申请,帮忙组织售票,做预算,做出纳。他为这场演出在税务办公室和市政厅大力宣传。到了演出的那一天,他在幕后忙前忙后，搬道具，一幕一幕地改变布景。在大幕拉上的时候，坐得满满当当的观众能听到汗流浃背的比约恩在舞台地板上拖动沉重的家具的声音，一张沙发被放下时"咚"的声音。在下一秒，当大幕拉开之后，他藏在道具的后面，担心着下一步是否顺利，观众是不是能跟上节奏，唱歌的牙医赫尔曼·布斯克今晚能不能超越自我。在布斯克紧张地从他身边向着聚光灯迈出最后几步的时候，用只有他自己能听见的音量说着"祝你好运！"

是的，他融入其中了。他非常喜欢业余戏剧创作的这个环境。他认识了很多人。蒂丽德和他有了共同的爱好，几乎能称为一种激情。蒂丽德是戏剧协会的核心人物，她几乎算是职业的，何况她还是戏剧老师。她很爱演戏，也知道如何把整间剧场抓在手心。比约恩·汉森站在道具后面，看着自己的女人迷住了整个孔斯贝格的人。他为了她来到了这里，觉得无比骄傲。他看到在她征服观众后下台时浑身颤抖，脸上带着梦幻的表情。"非常棒！"他低声对她说，她呵呵笑了一声，就匆匆去更衣室准备下一场戏了。是的，蒂丽德·拉默斯回到家乡对孔斯贝格戏剧协会而言是莫大的幸运。她是这里最中心的人物。她什么都会,无论是台前还是幕后。但她不是首席演员。事实上,她从来没有演过主角,她总是把主角让给别人。她会选择担任那种可以出彩的配角,主要的配角,但从来不演主角。别的人总是鼓励她来演主角,但她不想这么做。这样不好,她总是这么说。但在演出之外,她就是主角,她对服装的意见总是会胜出。演出什么剧目总是她来决定。如果大家想找的导演不合她的心意,那他就不会被请来做导演。很自然地,拉默斯别墅成了戏剧协会准备工作的中心。大家在这里缝纫服装,构思创意,举行庆祝活动。孔斯贝格戏剧协会的朋友们会在一天中任何时间随意地来来往往。比如扬·格罗特莫尔,一个从事铁路工作的美男子。布莱恩·史密斯,孔斯贝格军工厂的工程师,他低沉的嗓音和蹩脚的挪威语为他赢得了胜利。还有史密斯太太,她只会英语,但她是受过训练的手工裁缝(织花边)。还有在医院工作的希厄茨医生和老邮递员桑德斯布拉腾先生。还有那些美丽的女人,她们都很感激蒂丽德·拉默斯将主角让出来。牙医赫尔曼·布斯克,后来成了比约恩·汉森最要好的朋友,还有老店主、年轻的学生、园丁、焊工和不少老师。无关年龄和性别。孔斯贝格的学校的员工和卫生局的代表,还有两个工人。

整个圈子都很热情,但也有一些自大的倾向。他们都觉得自己是充满激情的人,将这种爱好看作是一种召唤。所有人身上都有生命的能量,它通常是被压制的,受控制的,而他们在戏剧中,在剧场中,会在表演中将它发挥出来。成为充满生气的人,或是他们说的"充满趣味的人"就是他们的理想。这也是比约恩·汉森被引诱到这里来的原因,他也是这样的人的代表。他已经成为这里的一分子,当然首先是因为他是蒂丽德·拉默斯的伴侣,但也因为他完全和他们一样,享受着在演出开始前站在幕布后面,从缝隙里看整个大厅,在演出开始前,看观众带着期待走进这个明亮的电影大厅,坐到座位上。他们演的不是轻喜剧就是轻歌剧,每年这都是戏剧协会讨论的热点,他们究竟是演一出纯轻喜剧,尤其是那种你来我往的纯轻喜剧,这是注定会成功的,还是他们应该演一出轻歌剧,那更有气氛。通常一出轻歌剧,或是音乐剧,基本上会有一个系列。《窈窕淑女》,《蒂罗尔的夏天》,《俄克拉荷马》和《波尔·波尔森》。那是在七十年代。比约恩·汉森的第一次演出是在《俄克拉荷马》里,他是群演,演了牛仔,参加了合唱,穿着牛仔的服装跳舞。他学会了一套舞蹈动作,用自己的嗓音唱歌。一切都不错。后来他每年都上台,凭良心说,很少有挪威人像他这样在公开场合唱过那么多轻歌剧里的和声。虽然他之前从没上台过,但他表现得也挺好的。他对此很意外,但蒂丽德·拉默斯说她一点都不觉得惊讶,而且表现得像是如果他们不是住在一个屋檐下的伴侣,她会建议明年安排他演一个真正重要的角色。

比约恩·汉森的生活变成了这样。生活就是这样。在孔斯贝格。和蒂丽德·拉默斯在一起,他必须和这个女人生活在一起,因为他害怕自己对这一切感到后悔。蒂丽德·拉默斯是一个环路的中心。她的美貌和优雅将一切融合在一起。他们为什么不结婚呢?因为比约恩·汉森觉得蒂丽德·拉默斯会觉得他口中说出这样的话有损于他的尊严。如果没有这种保证,他是不是就不会离开一切,到孔斯贝格和她生活在一起呢?但圈子里的其他人都觉得他在拉默斯别墅的存在是那么理所当然。他是那个有机会抛开一切,和蒂丽德·拉默斯在一起的人。当比约恩·汉森看着蒂丽德·拉默斯在孔斯贝格戏剧协会的圈子里盛放的时候，他也是这样想的。但他也在她身上看到了另一种东西，她一直的表现都是在维持那种早已不在的东西。蒂丽德·拉默斯没有地方要去，除了待在她曾经待过的地方闪耀，她的生活没有方向。所有这些热情、计划，每时每刻在学校，在花店，在戏剧协会，在和比约恩·汉森的同居生活中付出的精力，这所有的一切在她的眼中都是目标。

这是一场骗局吗？有一天夜里他醒来的时候，她没有睡在他的身边。大概这是他到孔斯贝格生活的一年后。他已经习惯了自己的新生活。他发现她不在那里。他看了眼钟。4点钟。她晚上出去排练了。他睡不着了，辗转反侧。等她回来的时候是5点半。她去了哪里？她去了哪里？她不是一个自由的人吗？比约恩·汉森没办法在这种情况下讨论人的自由的问题，于是就装睡了。两个小时后，当他起床时，她坐在早餐桌边，就像平常一样。她说她一整夜都在和扬谈话，在他家，他住的小房间里。比约恩·汉森点了点头。扬是长得极帅的铁路工人，在他们正在排练的《蒂罗尔的夏天》里演西格斯蒙德，他和蒂丽德·拉默斯有一场戏。"嗯。""呃,这没什么好吃醋的吧?""我没吃醋!""你没吃醋吗?"蒂丽德·拉默斯笑了。大声的,轻蔑的笑声。她继续笑,直到比约恩·汉森承认自己是吃醋了,他脑子里一直都在想着她和扬在一起的样子。

这没有错。他确实是嫉妒。他知道扬会和她一起排练,在他4点钟醒来,她没有躺在身旁的时候,他想或许她睡在另一个地方,和铁路局的美男子睡在一起。这个游戏人间的人突然激起了她内心深处的激情。他觉得自己被抛弃了,害怕会失去她。蒂丽德对他的坦白很满意。她向他保证他没有必要吃醋,这对她其实是一种侮辱。他应该知道的,他们之间什么都没有发生。她和扬一直在很认真地谈话。时间过得飞快,扬和她讲了他对人生的期许,她一直在倾听。她倾听着一个年轻的男人说话,他一直觉得自己的人生应该在别的地方,他有愿景,她被这个男子突然的诚恳所打动,这是多么美妙的事情——对远方的向往,这让她完全忘记了时间。要是她知道他醒来会想那么多,被这样的想法困扰,她肯定很早就回来。不管什么原因,比约恩是相信她的,他一直都相信她的保证,并没有发生什么。

蒂丽德·拉默斯曾经也有过这样的会面。只有她一个人参加而他不参加的排练，到早晨才回家。她也曾经特别不情愿地从他们俩都参加的排练，或是很多戏剧协会的人都参加的派对里提前退场，就是为了和他一起回家。因为他想离开，因为她和一个男人坐在一起，在这个男人面前闪闪发光。一个真正的、觉醒了的富有趣味的人，穿着戏服，就在这一刻，被她的存在启发，表演了一段将自己发挥到极致的演出，讲着为这一刻自创的台词。可现在它戛然而止，因为她必须和自己的伴侣回家，因为税务办公室早晨9点要上班，而因为一些难以理解的原因，如果税务官没有睡够自己认定的时间，税务办公室就没有办法正常运转了。无法理解。如果拉默斯老师直接从戏剧协会的派对去到讲台，孔斯贝格高中也会运转得很正常，嗯，拉默斯老师班里的考试成绩能很好地证明这一点。是的，拉默斯姐妹的花店也是早上9点准时开门，店员也会到岗，顾客不会不上门，哪怕拉默斯姐妹里的妹妹整晚都在跳舞，直到天明，而不是被吃醋的伴侣打断，被带回家。在这种时候，比约恩·汉森在她身边都很僵硬。但他相信她的保证，相信自己觉得会失去她的想法是完全没道理的。

但为什么他会吃醋呢？为什么他和她一起从派对回家的时候会冷着脸呢？为什么他在客人们离开拉默斯别墅的派对之后内心充满愤怒，冲着她说出自己真实的想法，说感觉自己永远失去了她了呢？这样的事情一次次地重复着。蒂丽德·拉默斯是这个圈子燃烧的中心。他们都围着她转，这其中包括她的伴侣比约恩·汉森。蒂丽德是一切的中心并不意味着她会坐在正中间，恰恰相反，蒂丽德·拉默斯的美誉还在于她的谦虚。她不光将主角让给别人，也将几何中心的位置留给了别人，她喜欢待在边上的小桌子旁。刚开始的时候她会被男人和女人包围，然后是和三个人一起，也有时候是两个男人，到了最后总会突然有一个男人开始表演自己排练好的脚本，仿佛是第一次表演。一个从艾克师范学校毕业的教师正在演出一段闪耀着光芒的台词，说他是如何被孔斯贝格这里的山川所吸引，他终于获得了业余演员还未说出口的独白所能期望的最好的观众：发光的眼睛，等待的嘴，一个有着法式手势的女人，亲切却保有距离。他没有注意到他自以为秘密的独白，只为了她在低调的小桌边进行的演出，其实是面对大家的公演。作为唯一的群演，他是他们所有人的代表，单膝跪在他们崇拜的蒂丽德·拉默斯面前，让所有人都偷偷打量比约恩·汉森？其实不是那样。这些人都已经习惯了，只有新来的人才会偷偷打量他，后来就不会了。所有人都知道，蒂丽德·拉默斯对自己的比约恩是忠诚的，但这并没有削减她的魅力，她也没有限制大家崇拜她，也会有几个被她迷倒的人围在她的桌边。他也知道自己最终会站起身回家，一个人离开。（如果他不这么做，他也会一个人去睡觉，因为蒂丽德·拉默斯在离开这个被选中的人的房子、公寓或是房间的时候都不会让他们激吻她，而是一个温和，甜美的吻。是的，她对比约恩公开承认过。那时候整个夜晚都已经过去了。）比约恩·汉森也是知道的。所以他维持着这种面具，等到戏剧协会的人离开他们家的时候，他才会爆发，展现自己全部的嫉妒。蒂丽德·拉默斯是这么认为的。但事实上，这只是他的表演。他是为了她才这么做的。

因为他无法想象，如果蒂丽德一晚上将自己所有的女性魅力都集中在被选中的戏剧协会的成员身上，而她的伴侣却对此无动于衷会怎么样。他不能这么伤害她。那时候会怎么样呢？于是在扬和她调情了三个小时后,他起身和别的客人一起走了,留下她一个人。那个男人之前坐在一边读着小说,然后朝她走过去,友好地问她:"你想要一杯茶吗?"他也可以收拾好自己的东西直接搬走,搬离拉默斯别墅,离开孔斯贝格。将他们两个人连接在一起的纽带将不复存在。

于是,比约恩·汉森一直盯着自己的女朋友,满心嫉妒地坐在一旁,盯着她,看她和法官斯塔本菲尔德坐在一起,或是戏剧狂佩尔·布伦努姆,真正的工人,她和他有过一段过去,她也俏皮地回忆过在那间孔斯贝格老城里破旧不堪的公寓里的夜晚时光。但实际上,他根本不在乎。他不相信蒂丽德·拉默斯会对他不忠,在他最疯狂的想象里他都不会这么想,要不然她会对他直说的。

但是他展现出了自己的嫉妒,他给她展示了所有那些经典的特征。他其实也不完全是在演,他确实能感受到嫉妒的情绪在冒泡,从深层往上翻,暗色的愤怒与懊悔交织在一起,在他身体里翻滚。但是,这只是舞台上的技术。他一直冷冷地坐着,憋着气,然后在地板上走来走去,绝望地冲着她抱怨,而她接住这一切反应。他就这样把她托了起来。他把她捧在了手心。

这一切他都明白。他明白他自己在做什么。他已经决定了要在蒂丽德·拉默斯这里生活。在孔斯贝格。做孔斯贝格的税务官。业余时间里他玩业余戏剧。他对她的爱浓烈到他会感受到如此强烈的嫉妒。如果不是被如此强烈的爱所吸引,他之前离开的所有这一切又算什么呢?他其实是明白的。他明白自己在做什么。和她在一起七年之后,他完全清楚自己对这段感情最重要的贡献就是这种伪装的嫉妒。他看穿了她。他对她已经没有任何幻想了。

生活。他和蒂丽德·拉默斯已经一起生活了七年,很快他就四十岁了,是个中年男人了。他从这生活中得到了什么?他是孔斯贝格的税务官,这或许可以算是什么。他被说服有做业余演员的天赋,每年的秋天会有六个晚上,他会站在孔斯贝格电影院的大舞台上,享受其中的快乐。是的,他很享受这种快乐,奇怪的、强烈的快乐。和蒂丽德·拉默斯在拉默斯别墅度过七年后,他完全了解当他和另外两个教师,还有医院的希厄茨医生一起,在同一秒唱出同样的音符,四条左腿在同一刻用同样的力量踏地的那种美妙感受,在孔斯贝格电影院里高昂的气氛中,在聚光灯下,面对黑暗中满座的观众的感觉。他的身体颤抖着,那种精确感带来的震动。在黑暗中,那藏在黑暗中的一千张嘴,两千只眼睛在看着他们,在台上展现自我的那四个业余演员。是的,他真的很喜欢这一切,用这种方式站在舞台上,参与一台完整的演出,成为一群兄弟姐妹中的一部分,但这真是生活吗?比约恩·汉森这样问自己。他越来越经常地躲进自己的书本里,在那里他得以喘息和思考。蒂丽德·拉默斯是谁?她能看出比约恩·汉森在问自己问题,看到他整晚都在读书。她想要分享他在读什么,但也注意到他并不怎么想和她分享。她也快四十岁了,但依旧能像人们说的那样,动动小指就能勾来男人。

  他看着她。在她身边守护她,继续着自己的嫉妒,继续被她吸引着。她是孔斯贝格戏剧协会自然的中心,那里集合了一群戏剧发烧友,孜孜不倦地在六年里带来了六场在我们这个时代最受欢迎的年度戏剧演出。在众多观众面前。在舞台上。在聚光灯下。七年来,比约恩·汉森是这些发烧友中的一员。白天是税务官,晚上是发烧友。这样够了吗?还能要更多吗?比约恩·汉森快四十岁了，他想要更多。他开始向他们建议去尝试更大的提升。这所有的热情，所有这些舞台经验，所有这些精确完成演出带来的喜悦感都只被拿来演轻喜剧。虽然这也能给演员和观众带来心灵上的欢愉，但最终当大厅里的灯光亮起，观众都回家了，他们坐在化妆间卸下妆容的时候，难道没有感觉到失落，筋疲力尽，但大脑空空吗？如果他们能把水准提升到生命的深层会怎么样呢？如果他们能试着去演易卜生的剧呢？

两年来，比约恩·汉森坚持认为他们应该试着演易卜生的剧。但这基本没有引起什么共鸣。尤其是他为了引起他们的兴趣，提出在演完那种无脑的轻喜剧之后所体会到的大脑空落落的感觉之后，反应更糟。这简直是在攻击他们所代表的一切。哪怕他们自己也有过这种失落感，但比约恩·汉森把它说出来真的太蠢了。不过他还是得到了戏剧协会里两个会员的支持，而且不是什么随随便便的会员，其中一个正是唱歌的牙医赫尔曼·布斯克。

赫尔曼·布斯克是非常好的男中音，很多人都说他应该出现在比一年六次的戏剧演出更重要的演出里。他也是戏剧协会里不可或缺的推动者，如果他不演男一号，那也肯定是最重要的男二号。不过，他表现最好的时候其实是在排练的时候，而且是在正式的排演之外。有好多次，大家都已经收拾东西准备走了，赫尔曼·布斯克突然唱起了练习了整个晚上的那段旋律。所有的一切都是对的。所有的练习堆积成了这样的成果。大家专心地听着，每个人都想：这段在舞台上一定会炸。事实也是这样，但也许没有能达到他们想象的那种程度。或许是对他的期望值太高，但赫尔曼·布斯克在舞台上从来没有真正达到那种高度。他唱得很好，好到让他能够维护自己"会唱歌的牙医"这样的声誉，得到大家的好评，但是却一直没有达到大家在狭窄的排练厅，手握门把准备走入黑夜无人街道时听到他的歌声后心里涌起的那种期待。现在，因为赫尔曼·布斯克也希望戏剧协会能演易卜生，大家就不能简单忽略比约恩·汉森的想法了。因为这个共同点，赫尔曼·布斯克和比约恩·汉森走得比之前近多了，他们会聊好几个小时。他们成了亲近的朋友，是的，在那之后，比约恩·汉森把赫尔曼·布斯克看成是自己最好的朋友。

另一个支持他的人是蒂丽德·拉默斯。他对

此也很意外，因为蒂丽德对易卜生没什么兴趣。当然她会说易卜生的好话，说他的作品很经典，只是她对他的作品不太感兴趣。这他是知道的，因为他们之前曾经去国家话剧院的大舞台看过好几次易卜生的作品，她当时觉得无聊透顶。所以他完全想不到她会积极推动在自己心爱的戏剧协会里演《野鸭》。事实上她作为观众的时候，也不太喜欢轻喜剧。毕竟这对她来说也太平庸了。在挪威剧院上演年度音乐剧作品时，她会去奥斯陆看，但那只是为了能学习一些他们的技巧。尽管这样，她最习惯的还是轻喜剧。最初他曾以为她最喜欢的是先锋剧场，当时在奥斯陆他还在婚姻关系中，当她是情人的时候，确实是这样的。但当她搬回孔斯贝格到戏剧协会之后，就再没提起过先锋剧，只有轻喜剧。从某种程度上说，她对先锋剧和轻喜剧的态度是一样，内容毫无意义，化装才是一切。在先锋剧中，她最沉迷的也不是别的，只是面具而已。他们俩没有生孩子。蒂丽德·拉默斯没有成为母亲，她会强调自己没有能生小孩是她生命的悲剧。但其实她并不真的想要孩子，起码不是现在。如果她要有孩子，也只能是七十年代和第一任丈夫在法国的时候生的。他本可能以为她会抱着孩子用最快速度在巴黎北站登上去哥本哈根的夜车,之后再换去奥斯陆的车。但是,在巴黎待了七年回到奥斯陆的时候,她并没有孩子。那时的她是个孤独、自由、躁动不安的女人,做着别人的情人,后来那个人追着她回到了她童年时候生活的城市。蒂丽德·拉默斯没有孩子,也希望自己没有孩子,在内心深处她就是这么希望的。轻喜剧是让她闪闪发光的那个借口,那是蒂丽德·拉默斯的戏剧:服装,面具,假发,快速地换场,节奏,节奏。但是现在她支持男朋友的想法,孔斯贝格戏剧协会应该上演易卜生的《野鸭》,而且是非常积极地在推动。这是为了向他显示她的忠诚吗?是对他,还是对别的人?她希望表现出自己是比约恩·汉森忠诚的伴侣,愿意为实现他的想法而努力,表现出自己也很热衷这个想法,因为这是他的计划。所有人都知道如果不是因为她的男朋友想要让孔斯贝格戏剧协会和他们都提升——去演易卜生的《野鸭》,她是根本不会在意这件事情的。

蒂丽德·拉默斯的支持是美好的,在他唯一一次需要的时候,在以她为核心的圈子里,她向自己默默无闻的伴侣表现出青睐。对蒂丽德·拉默斯的尊重增加了，但他希望上演易卜生的《野鸭》的论据却被削弱了。不过凡事都有办法。只因为蒂丽德·拉默斯的男朋友想要他们有所提升，就要演一出他们完全没有想过要演的戏，这不是他们上钩的原因。但因为团里重要的人物——赫尔曼·布斯克还有其他一些别的人支持他，他们也感觉到他说的那种在一场成功的轻歌剧演出结束，在舞台的大幕落下后那种空落落的感觉。于是，就那么一次，他们决定去挑战不可能，决定下一场孔斯贝格戏剧协会的演出就演亨利克·易卜生的作品《野鸭》。

当蒂丽德·拉默斯建议比约恩·汉森来演雅尔马·艾克达尔的角色的时候，没人对此表示异议。除了比约恩·汉森。他从没想过自己要来演主角，这并不是他建议这出戏的原因，他完全没这么想过。但他的抗议被驳回了，比约恩·汉森当然会扮演雅尔马·艾克达尔。许多人选他就是因为要把他钉在这场即将到来的失败中，让他用身体在舞台上，在这场闹剧的进行中感受这种失败，他是明白的，于是接受了这个任务。另外一个主角格瑞格斯·威利原本应该是赫尔曼·布斯克来演的，但他拒绝了，说这个角色戏份太重。他可以演老艾克达尔，如果他们找不到别的更合适的人选的话。于是布莱恩·史密斯选到了格瑞格斯这个角色。这个说着磕磕巴巴的挪威语，在孔斯贝格军工厂做工程师的英国人将要给易卜生世界里的那个不会妥协的批发商的儿子带来新的面貌。希厄茨医生来扮演瑞凌医生。这也是蒂丽德·拉默斯的建议，很明显这是吸引观众的方法。孔斯贝格医院的医生在易卜生的剧作里扮演医生。希厄茨医生扮演瑞凌医生，那个有着清澈目光和远见的医生。但希厄茨医生不愿意。蒂丽德用尽自己的魅力想要说服他，但希厄茨医生就是不愿意。希厄茨医生是怎么样的人？没有人知道。他是戏剧协会里最严肃、最不好接近的成员。穿着医生的白大褂，又高又瘦。他的手指很敏感，他会弹钢琴吗？没有人知道，但大家都知道他喜欢越野滑雪。在冬天那半年，他会在清晨到城市边上的滑雪场，踩着越野滑雪板全速滑下来。在剧场里他总是扮演跑龙套的角色，他会调好医院的班，来做演出的背景，在所有的轻喜剧里当无名氏。但他不想演瑞凌医生。被选上演海德维格的女士没有拒绝，那是二十一岁的护士实习生，她被选上也是因为她长了一张甜美和孩子气的脸。蒂丽德·拉默斯也在演员名单上。她要演雅尔马·艾克达尔的妻子,海德维格的母亲:吉娜·艾克达尔。

导演是从首都请来的,当时很流行从外面请导演,也有很多导演会到全国各地指导业余剧团的轻喜剧演出。但要找到一个能导易卜生,还愿意出差的导演就不那么容易了。最后他们在奥斯陆找到了一个没有工作的导演。他来了,看着他们的彩排,喝了很多酒,之后就什么都不记得了。对雅尔马·艾克达尔,也就是比约恩·汉森来说,也是一样。

长话短说吧:这一切就是一场闹剧。演出非常糟糕,计划好的六场演出缩减到了四场,而且最后的第四场演出只卖出去了十八张票。哪怕他们请来的导演是个酒鬼,比约恩·汉森也知道责任不在导演身上,他不过是非自愿地看到了现实,一直以来的现实。他们的水平不够。比约恩·汉森仔细研究了易卜生的文本,仔细地做了很多标注,他可以说他完全理解雅尔马·艾克达尔生活中的痛苦。但这也没什么用。他知道应该要怎么做,但当他去做的时候,结果和他想象的完全不同。一塌糊涂。哦,雅尔马·艾克达尔的单纯,比约恩·汉森能感受到,并且觉得已经转化为自己的单纯，他要保卫它，用前所未有的方式表现出来，巨大的痛苦让他无法直视真相。他的微不足道使得他的人生悲剧显得那么不公平。但比约恩·汉森完全表现不出这一点。他在舞台上的肢体表现完全没有展示出这一点。没有。只有台词。在舞台上，他是一具阴沉乏味的肢体。他努力想要表演，但没有任何效果。这和格瑞格斯·威利一样，和老艾克达尔一样，和海德维格一样——那个雅尔马·艾克达尔深爱着的小海德维格，爱得如此之深，爱到不敢再见她。比约恩·汉森在舞台上演着，自己都觉得愚蠢。观众们并没有嘲笑他，他们努力表现出兴致，不打哈欠，甚至还会为他鼓掌打气。但这并没有什么用。

他们能力不行。他们明显没有做这种演出的基础。比约恩·汉森没有足够的舞台魅力能够表现出雅尔马·艾克达尔的痛苦。这就是苦涩的真相。他没有足够的表演技巧，也没有任何的舞台魅力。仅仅自己能感受到那种感受是不够的。这一点在1983年那个深秋（是吧？），在孔斯贝格电影院被印证了四次。

其实一直以来，他都是知道的。他一直知道这是不可能的。他也不是不知道演戏是门艺术，是种职业。他也知道他自己无法演出雅尔马·艾克达尔这个任务,但他对此太向往了,让他故意忽略了这个明显的事实。

别的人也是一样。无论是从个体还是整体,他们都无法呈现出这部世界级剧作家的作品。雅尔马·艾克达尔在舞台上单调乏味,英国工程师布莱恩·史密斯演的格瑞格斯·威利也没好到哪里去。他支离破碎的挪威语没有为他和雅尔马·艾克达尔之间制造出任何火花,还起了反作用。小海德维格虽然甜美,但完全没有赋予这个躲进了阁楼的女孩以生命。雅尔马·艾克达尔在那漫长的戏剧性的几秒钟里,一个人留在巨大而空旷的舞台上,恐惧让身体变得僵硬。

演出之后,他们两个人都很难过。另外的演员镇定自若地接受了失败,只有比约恩·汉森和小海德维格真的难过。比约恩·汉森是知道的,因为显而易见的原因,自己热情地谈论了两年的巨大提升其实是无法实现的。但小海德维格不一样,在那之前她真的相信这是可以做到的。她只有二十一岁,在德拉门上护士学校,二年级,每天下午都会坐火车到孔斯贝格来参加排练,然后在排练之后去车站坐最后一班车回德拉门。他们当时不知道，她向护士学校请了半年的假，花了一万五千挪威克朗的学生贷款，想要走进海德维格的灵魂。可最后演出的结果是毁灭性的。她显然在这个虚构的十四岁女孩身上找到了自己内心深处的一些东西，无法在日常与任何人分享的，无论是最好的朋友还是别人，起码是无法在日常生活中聊起的东西。这从深层次影响了她，也影响了她和自己父母并无冲突的关系。而一场恐怖的戏剧表演毁掉了这一切，她还不知道问题出在哪。每天晚上演出结束后，她都会趴在雅尔马·艾克达尔肩头痛哭。她依然住在德拉门的学生公寓里，哪怕在父母家她有自己的房间，就因为她不敢和就住在孔斯贝格的父母坦白自己在做的事情。为了真正融入易卜生的《野鸭》里的海德维格这个任务，她在每场演出后都会回到德拉门，回到自己休学的护士学校，哪怕是在首演和首演派对之后也是这样。

首演结束，幕布拉下之后，小海德维格在更衣室里趴在比约恩·汉森的肩膀上哭泣。吉娜·艾克达尔容光焕发地走了进来。吉娜·艾克达尔，也就是蒂丽德·拉默斯当然有理由大放异彩，因为她挽救了这场演出的惨剧。她看着闷闷不乐的比约恩·汉森和正在哭泣的海德维格说："其实还行，谢幕的呼声掌声也都有。"她的话对事情并没什么帮助。不过，对她来说，演出显然是成功的，她又一次征服了观众。这让她很兴奋，完全不介意一个二十一岁的可爱的姑娘靠在自己男朋友的肩膀上，毕竟所有别的演员，所有幕后的工作人员都围绕在她的四周，赞赏着她的表演，说她拯救了这个夜晚。完全没有想过其实他们心里以为拯救了这个夜晚的、让她获得成功的正是她背叛了整个团队的演出。蒂丽德·拉默斯完全知道自己在易卜生戏剧中扮演的女性角色身上承载了一个阴郁的秘密，这是会让别人的一切都崩塌的秘密。她也想将吉娜·艾克达尔的生活和秘密用隐晦而内敛的方式表达出来，和其他演员保持一致。但当她发现观众对他们的演出没有任何回应之后，她爆发了，她给角色增添了更多魅力，唤醒了观众，并让他们笑了出来。蒂丽德用夸张的动作塑造吉娜·艾克达尔这个角色，用这种廉价的方式，摇着尾巴取悦观众。在这种时候，他们就吃这一套。

比约恩·汉森和他扮演的乏味的雅尔马·艾克达尔站在舞台上目睹了这一切。在舞台上，和吉娜·艾克达尔一起目睹了这一切。在倒数第二幕,只有他们两人在台上。当这场闹剧已经无法掩盖,当这个乏味的人物雅尔马·艾克达尔知道自己必须表现自身的悲剧,这就是一个标杆,它要引出那个真正让人深思的问题,他的命运无可避免。只有这样才能真正去理解格瑞格斯·威利的最后一句话。只有雅尔马·艾克达尔在这里能够把人物立起来,在最后一幕中海德维格死去之后,那句"生命不值得",才能真正有深意,不会轻飘飘地落到地上。而就在他身旁,蒂丽德·拉默斯扮演的吉娜·艾克达尔闪闪发着光。他已经沉了下去,但她不愿意陪着他一起。她摇着尾巴,在那一刻让观众忘记了毫无灵气的失败表演,被蒂丽德·拉默斯引诱。她抢了戏。比约恩·汉森沉默地继续着自己的表演,结束了这个项目,而蒂丽德无限挥发着自己的魅力。她在聚光灯下,脸上浓墨重彩,兴奋无比地征服着观众。没错,站在她身旁的比约恩看得很清楚,她浑身兴奋得颤抖着。蒂丽德背叛了这一切,背叛了整部戏的核心,他的核心,她挽救着还能被挽救的部分。蒂丽德·拉默斯的魅力应该可以抵消比约恩·汉森的失败。这违背了他们事先的共识,比约恩·汉森应该感觉自己背后被狠狠地插了一刀,他应该控诉她,冲她抱怨,在这一切发生的时候他的内心活动应是这样的:为什么,你为什么要这么对我?但他没有这么做。他没有问她为什么要这么做。他感到的只有解脱。这不是因为她试图去挽救这场戏,而是因为她并不愿意陪他一路沉到底。

说实话,对她热心支持这个项目这件事,他是非常震惊的。这是个很大的承诺。她的忠诚让他感觉窒息。通过这种方式,她把他绑在了自己身边,而这正是比约恩·汉森想要逃离的时刻。蒂丽德·拉默斯的光芒已经褪去了。她已经四十四岁,时光清晰地在她的脸上和身体上留下了痕迹。她的脸变得尖锐而坚硬。他多么想念那种柔软!可它永远地失去了,和比约恩·汉森曾有过的那些愿望一样远去了。他身处此地。孔斯贝格。他在蒂丽德·拉默斯的身旁。他离开了自己曾拥有的一切,因为他害怕如果没有选择跟从她的面容和身体的诱惑,自己会后悔一辈子。可现在他明白了,这张脸、这具身体不过是永远消失的记忆,这一切让他无法释怀。他很早就明白了这一点。

蒂丽德·拉默斯一直是天然的中心,而比约

恩·汉森就是背景。孔斯贝格戏剧协会的环境和圈子基本是封闭的,核心成员在比约恩·汉森搬家过来的十二年里基本就还是那么几个人,只有很小的几次变动。有些人离开了,新的人进来。过来人会教新来的人,将蒂丽德·拉默斯当成自然的中心。不过,无论是对那些老的核心人员还是新人来说,她多少还是和从前不一样了。他们依旧会在她那张稍微偏离中心的桌子边环绕着,不过从前总会有最后一个人留下来和她待在一起,对那个人来说这是一种让人晕眩的体验,可对比约恩(以及所有别的人)来说,他们都知道这并不代表什么,除了他现在坐在那个地方,他们之间不可能发生任何事情。但到这里就足够了,戏就做够了。比约恩·汉森会站起身来,走到她的身旁,说他们该回家了。现在,会有两三个男士轻松地坐在她的桌旁,有时候组合也会是一个男人和两个女人(除了蒂丽德之外),或者两男两女。从前,留下的男人会真的"看"她,现在他们会犹豫要不要谈论她,起码是带着那种热情谈论她。是的,他们会直接和她说话,带着那种对她所代表的东西的仰慕,她的过去,她的价值,尤其是她对孔斯贝格戏剧协会的价值。他们用美好的辞藻麻醉着她，无论是男人还是女人，无论是老成员还是新成员。他们对比约恩·汉森也是这样，因为他是她的人生伴侣。他们让他相信蒂丽德·拉默斯曾是多么可爱的女人。多么的热情！多么的随心所欲！刚开始比约恩·汉森心情有些复杂，眼前这个三十岁的工程师，看着他诚实的眼睛，让他相信蒂丽德·拉默斯是么可爱的女人。那么勤奋！有人还说她很勇敢，很有趣。她是多么的有少女感，在心灵里。

比约恩·汉森必须站在那里听那些话，被一种无可救药的孤独感打击着。或许他们还没有发现，但比约恩·汉森知道他们已经接受了这种无可辩驳的事实，岁月在他的伴侣的脸上留下了痕迹，他们称赞着她曾经的美丽，那是她和这个圈子已经翻过去的一章，没有什么值得留恋的。他能感觉自己被他们抛弃了。那是充满了欢声笑语的人们，他们赞扬着拉默斯女士，赞扬她的发型，她华丽的裙子，她对这个圈子的价值，亲切和热情，但他们对待这件事情的方式太轻描淡写了，哪怕他们早已发现了这一点。她已经老去了。这和他们当然没有关系，岁月流逝，所有人都知道，他们只是耸了耸肩膀，留比约恩·汉森一个人和她生活在一起，每一天，就像从前一样。

蒂丽德的表现其实还和从前一样。她还和从前一样吗，会摆出那些她学来的法国式的手势，依然能用自己的眼睛吸引男人的眼神，和他在一起，在那一刻，好像世界就只有他们两个人。她也没有完全失去魅力，她很知道如何给予并占据一个男人所有的注意力。只是男人们已经不再这么在意这种注意力了。那些协会里的老成员还是会表现出那种状态，但那是表演，几乎是可笑的，近乎可悲的方式。新人们则是会很紧张。他们知道要尊重她这样一位德高望重的戏剧老师，但他们不知道要怎么应对她那样浑然天成的调情，仿佛是在邀请他们，那种曾经会让人挣脱自己单纯的生活深陷其中的邀请。大家都明白蒂丽德·拉默斯和人调情，并不是要做什么，她对比约恩是忠诚的，只是人们还是会被她吸引。男人们与她打交道就好像是在参与自己人生的冒险一样。但现在，当她开始这样的时候，新的成员会开始怀疑。他们真的觉得她是对他们有意思，然后想要抽身离开。比约恩·汉森一次次看到这种情况，在家里，在拉默斯别墅也是一样。和从前一样，蒂丽德·拉默斯会带男人回家来排练歌曲。以前比约恩·汉森下午下班回家的时候，经常会听到从客厅里的钢琴那边传出来的轻喜剧的音乐声，然后他会看到蒂丽德·拉默斯和一个他们戏剧协会的男人站在一起。和从前一样，他能看出蒂丽德·拉默斯的招数，直接的目光接触，距离贴得很近，温柔地隔着外套摸一下男人的手臂。这是她拿手的拉近距离的招数，或者说是个习惯。但岁月流逝了。当这个三十岁的工程师兴奋地和比约恩·汉森打招呼时，仿佛他就是他的救星。他滔滔不绝地对他说戏剧对他有多么重要，因为他每天都泡在冷硬的物质和数字世界中。然后他抓起钢琴边谱架上的谱子，冲出了门。比约恩·汉森无助地留在原地，和蒂丽德站在一起。他真希望这个年轻人会被坐在钢琴边，仰起头直视他的眼睛的蒂丽德深深吸引，为她是不是真的小心翼翼地摸过他手臂困惑不安，他真希望年轻人没有发现自己进了客厅，或者是因为太想和这个女人独处这偷来的几秒钟，而决定装作没有发现。如果是这样的话，比约恩·汉森就不用这样孤零零地和蒂丽德·拉默斯站在一起，他能看到她小小的双下巴，明显的皱纹和手臂上干燥的皮肤。她那柔软的双手已经永远离他远去了。

蒂丽德呢？难道她自己不明白吗？明白这一切都过去了，永远过去了？她肯定是明白的，但她装作毫不知情的样子。哪怕当这个三十岁的工程师，这个将她当成戏剧教育家来尊重的人，抓住第一个能逃离的机会就匆忙冲向门口，她也装作若无其事的样子。他们俩当然都感觉尴尬，但他们装作什么都没发生。能做什么呢？蒂丽德·拉默斯选择表现得和从前一样，继续做一切的中心。这对她来说是容易的，因为在这过去的十二年里，她只有一个男人，比约恩·汉森。是不是因为这样，她才会突然在他想要让孔斯贝格戏剧协会演出易卜生的剧作的时候支持他？她肯定很早就明白他早就想放弃那些轻喜剧的演出了。他站在合唱团里唱着那些轻歌剧的旋律，那种陌生感和距离感越来越强，几乎让他打破自己十来年的人生中唯一的幻觉。她知道，如果他们照他的建议做，情势发展得好，那将意味着孔斯贝格戏剧协会会分裂成两派。那些想继续进行比约恩·汉森口中的"大大的提升"的人，和那些想继续原先充满节奏和旋律的流行剧目的人。虽然她心里想要的肯定是后者，但她选择站在比约恩这边，选择了易卜生。就像她从前那样，做着人群的中心，但心里又明白这一切正从她身边划过。每天早晨，她都会看到自己在镜子里素颜的样子。这也是为什么她一直和别的女人说，她从来没有像现在这样觉得自己是年轻的，因为在她年轻的时候，她没有想要做年轻人的那种动机。而对比约恩，以及其他那些男人来说，她的心中一直藏着个年轻女孩。他一直被这个坚定的女人支撑着，就像一种充满魔法的动作，她的心里永远是个年轻的女孩。他明白的，比约恩想（这是多么残酷啊，他想），没有人能看到这一点。或许她觉得其实人们是明白的，在她的动作里能看出她一直在健身，非常勤劳（但并不是有魅力），她的动作依旧是矫健的，可如果要用魅力来衡量，那就没有了。难道她看不到一个四十多岁的女人用这些动作来抓住失去的青春是可悲和刺眼的事吗？或者在她想象的渴望中，当她像年轻时那样抚摸男人的衣袖时，那个男人不会停下自己的动作，想要逃开。她肯定是这么想的。这一切都是白费了，可她不能接受这是白费。她一定意识到了，自己已经输了。就是这样，她才支持比约恩·汉森的。但这也已经晚了。当然他是高兴她能支持他的，一方面是因为这当然会大大增加他的想法被实现的可能性，让这种巨大的提升变成现实，另一方面也显示他们的关系可以继续走下去，稳定的，经过深思熟虑的，基于忠诚而不只是大家都追求的美。起码他希望自己是能这样去看的。但与此同时，他也看到了事情的另外一面。与一个迟暮的美人在一起时所体会到的无与伦比的孤独感。在他们用不须负责，满心诚恳的夸赞把她喂饱之后，高高兴兴地把她留给他。我们有蒂丽德真好，更好的是我们有比约恩与她生活在一起。比约恩·汉森很为蒂丽德脸上的僵硬困扰，紧绷的线条不再柔软，这是一种鲜明的对比："我的内心还年轻，从没那么年轻过。"就是这一点让三十岁的工程师在看到比约恩·汉森出现的时候，甩开手，冲向门把手，好让他执行自己婚姻的义务，照顾她，留在她身边，好让这个正在面对大好人生的工程师冲出门，摆脱这种在她已逐渐干枯的臂弯中终老的可怕的可能性。而比约恩·汉森就一直在这双手臂中，就因为他在十二年前被她吸引了。

她用不可思议的忠诚将他绑在自己身边。他觉得这是个圈套，但也没有什么办法。对这样的支持，虽然不是没有过怀疑，但他也是高兴的。蒂丽德很热心地推动让孔斯贝格戏剧协会能够真正提升这个想法,去演出易卜生这个剧本。在排练中,她非常热诚地演练自己扮演的吉娜·艾克达尔这个角色,那个没有任何光芒和欢愉的角色,这进一步确定了他的怀疑。他能看到他们之间有一种联系,这种同志情谊麻醉了他每天早上在她身边醒来,看到她闷闷不乐没有化妆的脸带来的痛苦。是的,他亲眼看到了,她也想要为此努力的。于是他也决定要试试,在这样的业余戏剧团框架里找寻严肃的生活,在这个荒凉的省城孔斯贝格里,这些有激情的人要努力尝试真正的提升自我。在这个项目被证明成功不了(不可能成功)之前,他能在和蒂丽德·拉默斯的共同生活中感受到这样成熟的人生的轮廓。他们在一起的生活,并非让他心之所向,只是缓解了其他方面的痛苦,那种让他无法承受的意象,意识到他一直追求的正是会在大自然无情的力量下瓦解的东西。他很高兴蒂丽德·拉默斯用自己不同寻常和惯用的魅力演出了这样的顺从和坚定的忠诚。虽然他心里想要离开。这才是他想要的。他知道自己无法平复那种疼痛。但他和她绑在了一起。

然后她那么做了,她在舞台上爆发了,背叛了他,借口就是要挽救这场业余戏剧表演。它值得吗？或者她知道自己做了什么吗？在这决定性的时刻，蒂丽德是那么兴奋。她的整个身体都在颤抖。只有比约恩·汉森，也就是舞台上乏味的雅尔马·艾克达尔，注意到了这一点，因为他就站在她身边。颤抖的膝盖，被观众们追捧的脸，就在那一刻。默不作声，身体紧绷着。她被自己廉价的成功包裹着，这就是蒂丽德·拉默斯，她激动不已地沉醉其中，不管付出什么代价。这是她最大的享受。比约恩·汉森终于可以从她那里解绑了。在她这个高光的时刻里，他明白自己无论付出什么代价，也不愿意和她生活在一起了。

尽管如此，他们最后分手也是在两年后。因为，他要怎么和她说呢？难道说他觉得不再被她的脸和身体吸引，自己的生命就这样逝去了？说他没有办法接受柔软的美丽的逝去，而不愿意再睡在她的身边？一个男人当然无法这样说自己的女人，所以他只能沉默。他只能这样继续和她生活在一起。两年后，当他终于和她分开之后，这就像是一场噩梦，让他再也不想提起。

最终他收拾了自己的东西，搬进了孔斯贝格市中心的一套公寓里。终于，一个人了。终于，他能喘口气，在自己的客厅里享受平静的生活。

他的公寓在四楼，从阳台上就能看到左手边的火车站。火车站的大楼，还有铁轨，它们往北、往南，在他目之所及的地方交会在一起，围着孔斯贝格，形成一道美丽的彩虹。孔斯贝格几乎是被火车的铁轨围起来的一个城市，在这里火车的一个方向去往克里斯蒂安桑和斯塔万格，另一个方向去往奥斯陆。每天晚上午夜前，去往克里斯蒂安桑和斯塔万格的夜车都会在这个车站停靠。这些火车车厢都拉着窗帘，很安静。车站里一点声音都没有，和白天火车停靠的时候可大不相同。那时候火车抵达会有扩音器的播报，在比约恩·汉森的客厅可以听得很清楚，连周日都是一样。比约恩·汉森站在阳台上，往右边看能看到一条奔腾着穿越城市的河。这条河叫洛根河，因为从尼默谷发源，也被叫作尼默谷洛根河。孔斯贝格位于挪威的中部，尼默谷洛根河穿过城市之后继续奔流，曲曲直直，一里又一里，直到在拉尔维克流入大海。比约恩·汉森看到的这片风景非常独特，其中有三个小小的岛屿，上面长满了大松树，这是他很喜欢的风景，但他最想要时时看到的景色是尼默谷洛根河经过孔斯贝格市中心的低谷形成的几个大瀑布，而且它们会组成一道弧形。这道美丽的弧形穿过孔斯贝格市中心，路过一座建在高处的十七世纪的教堂和三四个十八世纪末的贵族农场。从火车站的桥上看下去，这片风景尤其怡人，这是比约恩·汉森周日出去散步时无论怎么安排路线一定会走过的地方。他会俯身靠在生锈的栏杆上，看桥下奔流的河水，观察它的倒影和波浪。

顺便说一句，周日，比约恩·汉森经常会和那个唱歌的牙医赫尔曼·布斯克一起散步。他们去孔斯贝格边上的野地里散步、慢跑、爬山、登高，比如去很受欢迎的那个克努特小木屋。

他们会戴着头巾，穿着夹克，在自然中散步，交谈，很老派的休闲方式。他们两个中年男子，在社会中早就有了自己的位置，受人尊敬。牙医赫尔曼·布斯克，税务官比约恩·汉森。星期天是放松的日子，去银匠山上的路上人很多，大家都是去徒步的。比约恩·汉森和赫尔曼·布斯克会碰到很多认识的人，打个招呼再继续往前走，或是停下来聊几句，不管是比约恩·汉森还是赫尔曼·布斯克认识的人，在一个人说话的时候，另一个人都会站在旁边等着。他们遇见的可能是戏剧协会共同的熟人，或是比约恩·汉森税务工作中认识的人,还有赫尔曼·布斯克的病人。他们转身回城之后,经常会去赫尔曼·布斯克家,那时贝丽特夫人已经做好了周日的晚餐。有时候他们也会分头各回各家。每个月比约恩·汉森都会被布斯克家邀请去参加周日的晚餐。他对此非常感激,因为在野外和森林里走了很长的路之后,走进赫尔曼·布斯克家的大厅,让鼻腔里充满烧烤美食的香味的感觉真的太好了。他对此始终直接赞美,这让赫尔曼的太太贝丽特夫人非常开心。不过,他一个人吃饭也没有什么。星期天他经常会去格兰德酒店吃饭,那里的餐厅非常棒,比老孔斯贝格餐厅好很多,那个餐厅在几年前因火灾重新装修后就一直没有回到原来的水准。他喜欢周日一个人去餐厅吃饭,那里有位很有礼貌的服务员,因为他经常去吃饭,他们彼此已经很熟悉了。在那里,他会继续思考他和赫尔曼·布斯克徒步爬山时的谈话。因为两人都很爱读书,他们经常会聊文学。但是他们读书的品味大不相同。赫尔曼喜欢有争议的小说,题材很广,最好是在读书会里推荐的,比约恩·汉森会自己在书店的年度打折计划里买书,那里会有真正的好书。所以他们俩其实很少能够讨论同一本书,赫尔曼看过的书比约恩没看过，比约恩也对赫尔曼看的书没什么兴趣，但他喜欢听他讲那些书，尤其是为什么他喜欢这本书，或许不是因为他说的观点或是他用的辞藻，但是那种语言的调性显示出他们有着共同的参考体系，尽管在这共同的参考体系中，他们都独自面对着对方的阅读体验。也是因为这个原因，在那个深秋的周日，当金色的树叶正从树上落下，铺满了小径，像是一条厚厚的毯子，或是垃圾……全看你怎么看了，比约恩·汉森知道赫尔曼·布斯克能够理解他的骄傲。卡米洛·何塞·塞拉拿到了诺贝尔文学奖，而他曾经读过他的小说《帕斯夸尔·杜阿尔特一家》。他在七年前一次书店的甩卖中买的那本书，当时只剩下最后一本了，也只有他对它感兴趣，所以他几乎没花什么钱就买下了它。在挪威，并没有太多人听说过卡米洛·何塞·塞拉，他的这本小说也只卖出了大约二百本，而且还被放到了清仓大甩卖中，而他就是那二百人里的一个。比约恩·汉森在事后对塞拉得奖的报道里看到，被采访的文学专家也没怎么读过他写的东西。但一个住在孔斯贝格的人知道他。孔斯贝格的税务官发现了这本高质量的西班牙作家创作的书，这值得一提吧？

另外的那二百名读者在哪里呢?肯定有好多在我们的几个大城市里、奥斯陆、卑尔根、特隆赫姆,这二百人里面肯定有一些是懂西班牙语的,他们读了挪威语版的翻译,肯定了这本书的翻译质量。不过,如果做出一个精确的读者全景图的话,可能大家会很惊讶,在孔斯贝格这里也有一个读者。比约恩·汉森相信在挪威别的小地方也会有一些塞拉的读者的,比如在耶特许斯。耶特许斯?为什么不呢。那里也有可能会有十五名塞拉的读者的,他们会聚在一起读一些特定的小说,就像一场小型瘟疫的缩影,一场在最奇怪的地方突然暴发的秘密瘟疫,然后迅速划过那些房屋。之前不是这样的,但现在就是这样的了,比约恩·汉森兴奋地说,他非常骄傲自己入选了这二百人的秘密兄弟会——读过卡米洛·何塞·塞拉的小说《帕斯夸尔·杜阿尔特一家》的秘密兄弟会。而且,比约恩·汉森补充说,这本书是讲一个不识字的人冷血地进行谋杀的故事,是个西班牙传说,描述了西班牙骄阳似火的埃斯特雷马度拉地区和人们生活的状态。他想了想又说,这本书足够深刻,我喜欢它,特别深刻,我的意思是,它在我自己的存在中足够深刻。他说完这句话就沉默了,赫尔曼·布斯克也不知道应该说什么。他们俩肩并肩地沉默着。他们经常是这样沉默的。比约恩·汉森长篇大论地聊着颁发给塞拉的诺贝尔文学奖和过去相比算是很特别的情况。他们只有出现这样特别的话题的时候才会说很多话，并且是一个人的独白。更多的时候，他们只是并肩走着，各自沉浸在自己的思绪中，然后只有在遇到行人友好点头问候的时候才会被打断。但当塞拉拿到诺贝尔文学奖之后，比约恩·汉森比寻常更加沉默，因为他有了另外的担心。他的牙齿开始疼痛。他不是很确定是什么时候开始的，可能已经有一段时间了，但最近真的让他察觉自己快五十岁，已经过了人生的顶峰，之后要开始走下坡路了。他很担心自己的牙齿，它们在冲他抗议。他想和赫尔曼·布斯克说这件事情，但又觉得这会给他带来困扰。每年布斯克会让他去做一次检查，仔细地检查他所有的牙齿。而且他们平时也不讨论这种问题的。但现在他的牙齿确实很疼，到下一次年度检查还有九个月的时间。比约恩·汉森真的有点担心，但并不是因为那种疼痛无法忍耐，疼痛他能忍，而是这意味着什么。他很担心这意味着牙齿会掉落，从牙床中松动，然后直接掉下来，一颗接一颗。他不得不努力控制自己,不对赫尔曼·布斯克倾诉自己的担忧。尽管他知道,或者说他觉得,如果赫尔曼知道自己有这样的问题却没有和他说会不开心。而且他会立刻给他预约周一出诊的。但是,这肯定不是什么大问题,他想。这只是他的想象而已,在朋友的休息时间用这种想象出来的问题麻烦他太蠢了。他们就这样走着,沉默地,肩并肩地走在孔斯贝格郊外的山路上。有时候这种沉默会被一句话或是一段长一点的独白打断。比约恩·汉森慎重地考量了说不说自己对牙齿的担心的利弊之后,决定不要打扰布斯克医生。于是他让自己的思绪飘荡着,在提到其他事情的时候随口搭着腔,时不时说出些让赫尔曼·布斯克惊讶的话。也就是这样的情况下,城市的税务官突然说自己喜欢的书几乎都是那些无情描述生活的痛苦的书,总带有黑色和苦涩的幽默。到这里还没什么,赫尔曼·布斯克知道自己这个朋友就是这个样子,但然后他接着说:"现在我开始对它们感到厌倦了。"他解释说自己现在想要读的书要描述生活的痛苦,但不要带有一丝幽默,不管是黑色还是什么别的幽默。赫尔曼对此有些目瞪口呆。他除了说还是有很多书不带黑色幽默的之外，不知道还能说什么。而比约恩·汉森又来了一句，它们其实都很无聊，人也一样。那时，他们刚刚回到城里，穿过那座老旧的铁路桥，肩并着肩，身体依靠在栏杆上，望着身下的河水。然后他们会顺着铁道继续走，抄个近道回到居民区，直到他们要分开的路口，各自回家，或是他们俩继续朝着赫尔曼·布斯克家走去，在那里贝丽特太太已经准备好了周日的晚餐。

他过了五十岁生日。这一天他是安静地庆祝的，一个人，在孔斯贝格的一座高层住宅里，与世隔绝。他之前就和大家说过他不想要任何的关注，而大家都尊重了这一点。《晚邮报》联系他请他在每日一言里发表他的人生感悟，只要他发一张照片和自己的想法，他是这么告诉赫尔曼·布斯克的。当地的《洛根达尔日报》也联系他想要做一个采访，但他很坚决地拒绝了。他们知道他是真的不想在报纸上说任何话，所以也就由他去了。

他开始肚子疼。一吃东西之后就会疼。这让他很担心，他想他必须去看病，但他又希望疼痛会自己消失，所以就没有去。疼痛并没有消失。可这是非常严重的疼痛吗？他又仔细感觉了一下。是那种钝钝的痛，大概可以这样形容。他的牙齿有点钝痛，肚子也有点钝痛。哪边都没有好起来。但他不想去自己的好朋友赫尔曼·布斯克那里检查，而是选择等到下一次年度检查的时候。不过，他决定自己要去看病，所以他打电话给在医院工作的希厄茨医生，这是他一直以来的固定家庭医生。他当然和希厄茨医生也是认识的，他们两在孔斯贝格戏剧协会的好几台音乐剧里一起唱过合唱，虽然那已经是四年前的事情了，但这不妨碍继续让他做自己的家庭医生。希厄茨医生很快给他预约了时间。

他按照约定时间来到了医院，被带到了希厄茨医生的办公室里。希厄茨医生坐在写字台后面，问询他的情况，就像所有医生正常会做的那样。比约恩·汉森和他说了一下自己的情况，希厄茨医生点了点头。他检查了一下他的肚子，问他在按压的时候会不会疼。"不疼，不会更疼。"比约恩·汉森说。希厄茨医生边写 B 超的检查单，边和他寒暄，聊了几句之前的事情，特别快地说他已经退出戏剧协会了。那日子过去了，他说，我现在更想在家听听我的莫扎特。比约恩·汉森觉得，这确实更适合这个高个子安静的医生，他有着钢琴家一般的长手指。

过了几天，希厄茨医生给他打了电话，让他去医院。B超的结果出来了。比约恩·汉森面目苍白地匆匆赶去了医院。他又被带进了希厄茨医生的办公室，他还像之前那样坐在写字台后面。他看着B超的片子说："这样子看不出来什么。我们得再多做几项检查。我们得搞清楚原因。"比约恩·汉森点了点头。希厄茨医生用听诊器听了听比约恩·汉森的胸口。安静地，带有些许距离感地，就像一直以来一样。但突然他说："你知道我有过多少病人吗？这辈子？"比约恩·汉森摇了摇头，对这个问题感到很惊讶。他不知道自己应该说什么。希厄茨医生突然盯着他，用自己永远带有距离感的眼神。所有人都一直把这解读成内向和害羞。"从医生的角度来说，一个完全健康的病人是不会给他带来满足的，是吧？医生最想要的是病得很严重的病人，毕竟这也才是需要医生救治的人。你同意吗？"

这让比约恩·汉森感觉非常不舒服，这一切太奇怪了。希厄茨医生变了，完全出乎他的意料。他的变化就展现在他说的话里面，和他之前的样子完全不同，和汉森记忆中的样子完全不同。突然比约恩·汉森明白了一切。这个人吸毒，他从前从没想到过这一点。他们俩,比约恩·汉森和希厄茨医生曾经在孔斯贝格电影院的舞台上一起合唱。他们穿着牛仔的服装,穿着水手的服装或是任何当时要求的戏服,一起唱着歌曲的高潮。他一直那么抽离。他从来没有真正"融入",但一直充满了无法停息的能量,唱歌的时候带着共振,但嘴边总挂着一缕傻气的微笑。是的,这才是希厄茨医生,一个平静的瘾君子。这让比约恩·汉森晕眩。没有人发现这一点,可这么明显。或许是现在才变得明显,就因为希厄茨医生说出了这样的疯话。或者换句话说,比约恩·汉森现在能发现这一点,是因为希厄茨医生给了他这样的机会,邀请他发现的。

这给他带来了巨大的震动,让他几乎不知道自己应该怎么办。这简直让人难以置信。希厄茨医生坐在写字台上,身上挂着医生的头衔,细长的手指拿着听诊器,脸上带着疏离的目光。这是真的吗?为什么是我?为什么希厄茨医生想要让我发现这件事呢?可是,希厄茨医生没有给出什么答案,他看上去就像从前那样疏离,平静地坐在写字台后面。突然他听见自己说:"让我不舒服的是我的人生那么没有意义。"他从来没有和任何人说过这样的话,哪怕对自己也没有,哪怕好多年里这句话就流连在唇齿间,而他现在把它说了出来。他看到自己说完后希厄茨医生脸上惊讶的表情。他疏离的目光闪烁了一下,好像是这个男人被感动到了,但又不想表现出来那样。闪烁的、疏离的目光,在他的心灵深处。"还有三十年吧,或者说,我离退休至少还有十七年。我觉得自己已经没有任何幻想了。"他听到自己说,声音响亮,语气诚恳。这是怎么回事?希厄茨医生的目光又闪动了一下。然后他笑了一下,断开了这个连接。

肚子钝痛。希厄茨医生非常执着地要找出原因。他认为这种腹部疼痛是别的问题造成的症状,进行了更多项的检查。但所有的结果都是正常的。于是,比约恩·汉森又去见了这位备受尊重的医生很多次。他在那里会说一些自己都不曾和自己说过的话,而医生会很认真地听,应该是在他平静的药物陶醉状态中。"其实大多数事情我都不感兴趣,"比约恩·汉森听见自己说,"时光流逝,无聊依旧。"这些话让希厄茨医生在做检查的时候很高兴,他能看出来。会是嗓子吗?张开嘴。会是耳朵吗?耳朵和肚子能有什么关系。你看看,你看看。

"你知道吗,我来到这个城市完全是机缘巧合,它对我一直没有任何意义。我成为这里的税务官也纯粹是机缘巧合。但如果我没有在这里,我就会在另外一个地方,用同样的方式生活。但我不能和自己和解。我想到这个就会觉得很沮丧。"比约恩·汉森说。在对另外一个人说这些话的时候,他真的感觉自己的内心很受伤。"机缘巧合从来不能真正回答我的问题,"他接着说,"想想我要这么活一辈子,这是我的人生,但我完全没有靠近过我内心真正需要被听到、被看到的那条路。我会沉默地死去,这让我感到恐惧,一言不发,因为没有话可以说。"他说。他能听出自己说出的话里带着的绝望的情绪。他面对着另一个在社会里身居重要位置的、表现正常的人,而他其实只是个空壳。阳光透过孔斯贝格医院窗户上挂着的印着市政府图案的窗帘!这让人晕眩的阳光照在窗框上。透明的玻璃镶嵌在四方的窗框里,每天被泡沫清洁一遍,那是这家安全的医院照亮我们这个社会的证明。他有点为自己说的话感到羞愧,一个五十岁的男人讨论死亡并不那么让人愉快,但他就是这么做了,大声,清晰地说了出来。一个三十岁的男人可以这么做,因为他的死亡会是一场灾难，无论从什么角度看，都是他从自己的人生跑道上一下子被拉走。可是像他这样刚满五十岁的人，死亡只是一个自然过程的终结，不过是从统计数据上来说发生得有点早，于是人们都觉得自己只能接受它，不能抱怨。事已至此，就继续向着自然的终点行进。但他还是表达着自己的沮丧，他不能不言不语地去死，哪怕对自己都不说。对此，他实在是难以忍受。

面对这一切希厄茨医生说了什么呢？其实没什么。他只是很兴奋地听着。他的手上做着各种检查，密封样本，然后把它们送去化验，拿到结果，约比约恩·汉森再来一趟医院，做更多新的检查。在这中间，比约恩·汉森会倾诉自己的感受，就好像他在和希厄茨医生见面的时候，就进入了一个新的空间。在那里，他或许坐着，或许站着，带着疏离而平淡的目光，时不时闪烁着透露出他很高兴有人会用这种方式走近他的讯息。现在他也会说起自己吸毒的问题，他总是说这是自己的命运。"这是我的宿命，"他会这么说，"想起来，做好任何事都不容易，哪怕是最日常的工作对我来说都是痛苦。奇怪的是，这种痛苦并不是在我做事情的时候，而是在我想起这件事情的时候，无论是之前还是之后。"最后，希厄茨医生在给比约恩·汉森做了全面检查之后，没有发现他有任何问题。"你的身体并没有什么问题，"他说，"我可以向你保证。"他突然笑了出来。这是医生在给作为病人的比约恩·汉森宣布结论时候的坏习惯。一个被压抑住的笑容，这是比约恩·汉森不喜欢的，但他也接受了，因为这是希厄茨医生表现出的对他的巨大的信任。否则，他得时刻注意着不要透露出他的内在，他自己的生活是怎么过的，只有他自己，为了他自己，他对除了在看不见的血管中流动的那种让他陶醉舒缓的物质之外的一切都漠不关心。就这样，比约恩·汉森作为病人的角色结束了。他对医生表示了感谢，然后走出了医院。他感觉有些空虚，这一切已经过去了，但这些奇怪的见面已经翻篇了。

可是，希厄茨医生开始在私下拜访比约恩·汉森，去他的公寓。他经常是晚上来，往往那个时候他用药物的情况会比在办公室里更严重。他也不是太经常来，一周一次，或许更少。但他们的对话继续着。比约恩·汉森说自己，希厄茨医生说这是他自己的命运，他很高兴找到了一个自然而直接的词来说这件事情。希厄茨医生离开之后，比约恩·汉森会自言自语，把医生当作虚幻的谈话对象。他越来越注重用他之前说的那些话进行开放式的思考。有什么东西让他无法与这样的想法和平相处。他很焦躁。他不想这样子。他必须用一种方式证明，他不想这样子。于是他孵化了一个计划。一个疯狂的计划，他想在希厄茨医生下次来的时候和他说。

这个计划是要让他通过一个无法撤回的行为来真正实现自己的"不"，或是自己那个大写的"不要"，他现在开始这么叫它了。通过这个行为，他想要扔掉所有能够后悔的机会，把自己余下的人生绑定在这唯一的，疯狂的行动里。他非常期待把这一切告诉希厄茨医生，尤其是这个计划中还需要希厄茨医生的帮助，这会将他们两人绑在一起，从某种程度上说也是将他们两人逐渐成长的关系完成。所以，他期待着希厄茨医生的到来，所以当他那天深夜终于按响门铃，比之前任何时候都要不在状态的时候，比约恩·汉森都能听出自己声音里回荡着的过度的热情："啊，是你啊，快进来，快进来。"希厄茨医生坐了下来，比约恩·汉森很快开始简明地解释自己的计划。这个计划包含什么内容，比约恩准备做什么，有什么样的目的，希厄茨医生要怎么参与。但希厄茨立刻回答，自己不想参加，太冒险了。但希厄茨是不可或缺的，没有他这个计划就实现不了。比约恩·汉森很惊讶医生如此负面的反应，这说明他把这件事情看作是"现实"，而并不是比约恩·汉森想象中的"想法"。而一个"想法"成为"想法"的最终结果就是它应该被称作是"现实"，可希厄茨医生不愿意参与。或许这个主意不太好，比约恩·汉森想，然后重新给医生解释了一遍。他觉得自己没有成功。他完全致力于自己的"想法"或者说是幻想，但无法将其诉诸语言。不是说不清楚会发生的是什么，而是究竟为什么他会这么去想，这只是一个游戏。最后他只能说："我也解释不清楚为什么我会这么想，但我就是这么想的。"说完他就笑了，自己都有些困惑的样子。然后过了一会儿，希厄茨医生说了"晚安"，就离开了。

但他后来又回来了。那时候他做了决定。"不过我要一半的保险金。"他说。比约恩·汉森很乐意地同意了。"你要为此承担很大的风险。"他说。希厄茨医生耸了耸肩膀。

之后医生参与了计划的设计。他用专业的知识立刻找出了计划里的三个弱点。"现场不能在这里,"他说,"现场必须是另外一个地方,东欧吧,或许。你有机会用合理的理由去哪里吗?"比约恩想了想。"嗯,"他说,"我想可以。"然后还有一点,不能再牵扯到更多人。如果他们这么去执行的话,应该是没问题的。"那些每天都解决问题的人是不会被怀疑的,这就是人性。"医生说。"我们不会被发现的,只要你不说。"比约恩·汉森当然不会说,哪怕是为了希厄茨医生,也不会说的。哪怕他被逼着要承认一切,他也要考虑自己之外的人,这就会让他却步。在他热情地说出这些话的时候,他看到希厄茨医生再次被感动了。

在希厄茨医生仔细地研究了这个疯狂的"想法"之后,这就变成了一次临床手术,有几个关键的操作点,所有的选项和可能的障碍都被仔细地过了一遍。现在希厄茨医生已经决定积极参与这个游戏,他把它做得非常具体,把比约恩·汉森最初对事物的不可逆转的那种吸引力的深度表达,变成了一个在卫生系统里能执行的项目,其中的重点就是在任何思想体系和社会网络中都存在的细小而阴暗的漏洞。

对比约恩·汉森来说,希厄茨医生加入他的项目让这一切变得更险恶,更迷人。很快他不再知道这是游戏还是现实。对，他自己觉得这是一场游戏，是一个病态的思想的胎儿，对，他是这么称呼它的，这是他自己脑中疯狂的逻辑，让他感到着迷。他把这个胎儿分享给了希厄茨医生，作为一种信任的表达。但很快，他向希厄茨医生指出这是一场"游戏"，他非常谨慎，很委婉地转着弯和他说，而希厄茨医生轻蔑地看着他，他是如此坚定不可动摇，无法理解比约恩·汉森说的"游戏"是什么意思。这个计划必须得实施。它现在已经是完全具体的了。他们缺少的只是事情发生的现场，而这只是在等待最早可以出现的时机。希厄茨医生不是在玩。比约恩·汉森感觉自己的脖子被掐住了。他不是孔斯贝格的税务官吗？希厄茨先生不是孔斯贝格医院受人尊敬的医生吗？他们要做的事是什么？这是个游戏，可哪怕只是游戏都不能让别人知道的，太离谱了。税务官和医生。但希厄茨医生是瘾君子。他需要同谋者，不仅仅是在"游戏"里。他冒了个人的风险用这种"病态"的语言来达成这种"健康"，认真地做了同谋者，希厄茨医生毫不犹豫地就和这样一个兄弟签订了合作的协议。

比约恩·汉森对希厄茨医生和计划的心情变

得很矛盾，医生的计划越深入，他越感觉如此。他不喜欢医生谈到这一未来的事件会对比约恩·汉森的生活造成根本性改变，那种灾难性的改变的时候冷冰冰的外科医生的表达方式。他们说的是他会坠落到未知的、绝对无法撤销的状态的事件。这让他对希厄茨那么热心参与这个计划产生了怀疑。作为医生，他肯定能看出这个计划又愚蠢又自找毁灭，是的，"病态"，所以这意味着他一定是在期待他的"堕落"，只有这样他们两个人才是平等的，带着自己黑暗的秘密，被人群排除在外。可他还是为这个计划着迷，尤其是它是有可能被执行的。他经常会想："我做。上帝保佑，我要做。终于没有人阻拦我了！"但是，这是疯狂的，诱人但疯狂。到了最后，他明白了自己在认真考虑执行这个计划，理解自己已经把自己的生命玩弄到这种程度的时候，他崩溃了。如果他是一个人在房间的话，他会高声大喊："不，不，这不是真的！这不是我！"

就在这时，他收到了儿子的信。那是5月底的事，这让他非常惊讶。从儿子彼得十四岁之后，他再没见过他。他和母亲、继父一起住在纳尔维克。从那时他已经不在夏天到他这儿来了，因为他不再是年轻男孩其他更有意思的计划中的一部分。但他们也不是完全没有联系。有时候他们会打个电话,每年几次,圣诞节,生日什么的。是的,有时候彼得会在有特别高兴的事情想和他讲的时候给他打电话,比如他在学校拿到了特别好的成绩,或者是他的球队,或者他自己在体育上面取得了什么成绩。但这是他第一次收到他写来的信。

彼得·科皮·汉森二十岁了。他正在军队服役,几个星期后,在 6 月初他就要退伍了。信的上面贴着军队的邮戳,儿子在信封背面自己的名字前写上了自己的军号,所属的班和连队。他在信里说,秋天要到孔斯贝格工程学院上学,学配镜专业。他想问自己能不能在第一个学期的时候住在父亲这里,或者住到他找到一个合适的、便宜的学生宿舍的时候。

比约恩·汉森很激动。他立刻坐到写字台前回了信。彼得可以和他一起住,没有什么能比这个更让他高兴的了。他现在住的地方足够大,彼得可以不用去找学生宿舍。当然这得是他觉得比起别的地方,住在父亲的地方更好的情况下。如果他不想,也不用怕伤害他,没关系的,他理解很多年轻人都更希望自己住。

写完这些,他觉得信的内容有点短,于是又加了几行自己作为税务官的日常生活。他说现在的坏年景增加了他的工作量,因为人们已经习惯于好年景的生活习惯,让他们在风向转了的时候没办法履行他们的义务,破产的人数一直在上升,这很让人遗憾,但他也对此无能为力。你不要觉得我在普通人因为付不出贷款而被夺走房子的文件上签字是有趣的事情。是的,这会让我心如刀割,只是没有人会看到我的样子,而我的感觉对他们也不会有任何帮助。

最后他又写了几句他特别高兴能在孔斯贝格见到他,然后签上了"你的父亲",把信放进信封,封好口。他环视了一下自己的公寓,这里当然能再住一个人。他有四个房间。一个很大的客厅里有沙发区和餐厅区,用一道推拉门连接着阳台,外面有张桌子。他的厨房里有所有现代化设备,除了微波炉,那东西做出来的东西都是垃圾。除此之外还有两个卧室,其中一个让比约恩·汉森当成了书房,他就是那里给儿子写信的。他请了一个年轻的姑娘来做日常清洁,那姑娘上高二,是税务办公室里的同事约翰森女士的女儿,叫玛丽·安。其实他自己也能打扫这间公寓，但是约翰森女士总和他说现在的姑娘想要的东西太多，又要高级的运动装备，又要大牌子的衣服，所以她们都在上学之外打一份工，自己的女儿一直都没工作，所以显得有些格格不入。所以作为她的上司，比约恩·汉森就主动说她女儿可以帮他打扫公寓，赚点零花钱。

于是，玛丽·安就来给他打扫房子了。他给了她房门钥匙，让她在自己方便的时候来打扫，走的时候锁好门。他无所谓她什么时候来，只要她每周来一次，把自己该做的工作做完就好。那天下午他开门回家的时候，她正好在。她弯腰站在水桶旁。清洁液的气味从桶中飘出来。她穿着紧身牛仔裤。他走进客厅，看到她弯腰绞着抹布。她很认真地在工作，撅着圆润的仿佛在闪着光的屁股，完全没有注意到他走进房间，一直在盯着她看。"嗨。"她打了个招呼，没有抬头。比约恩·汉森对年轻人的无动于衷和天真笑了一下（有点难过？），起码她对他注视又迅速移开的目光无动于衷。刚开始的时候她干活很认真，会花很长时间，清洁得很彻底。但后来她就开始偷懒了。有一天他指出来，批评她打扫得不彻底，拐角积了灰尘,她也没有打扫沙发底下。她的脸红了,从脸颊一直红到了耳朵后面。比约恩觉得这看上去很奇怪,他有些疑惑。他也有点担心她会和妈妈告状,而他不知道要怎么应付这一切。所以他接着说,他不是想要挑剔,他只是觉得如果不是整个地面都打扫到,公寓清洁就不彻底。来吧,他会帮她把沙发挪开。他们这么做了,但她的脸还是红了。他觉得她后来没有和妈妈讲,起码在办公室里他没有从约翰森太太那发现什么。

他已经一个人住了四年了,就在这间公寓里。现在他必须接受变化。首先他要把书房给儿子拿来做房间,把书都搬到客厅里,他要找个地方阅读写东西。一些书架可以留在房间里给彼得用。另外他要去买一张床,或者买一张沙发床,这样他儿子可以在那里接待自己的客人。不好,这可能会被误会的。儿子当然可以在客厅里接待自己的朋友,他可以去自己的卧室待着,他可以在卧室里弄一个小小的读书角,做个迷你图书馆。对,必须这么安排。不过他觉得儿子还是应该有个沙发,就算有沙发,他也可以在客厅接待朋友的,这比较有趣。然后他也还是要买个微波炉。虽然他觉得用微波炉做不出什么正儿八经的餐食,但对一个忙碌的学生来说，他要吃点什么快餐，这还是很方便的设备，他这么想的。

他在公寓里走来走去，计划着儿子来住需要做出的改变。他兴高采烈。这会让他的人生发生翻天覆地的变化。他儿子要来和他住。他被一种几乎不应得的快乐击中，知道自己必须好好珍惜。他拆掉了自己心爱的书房里的书架，就留下了一个，他想着这里可以放彼得的书。然后把拆下的书架在客厅里组装起来。他也在自己的卧室里安置了自己想要的读书角，把书架靠在墙边，然后在旁边摆了一张舒服的沙发椅。这会儿，给儿子住的整个房间都堆满了书，他把它们搬到了客厅和自己的房间。然后他去城里订购了一张很好的沙发床和一个微波炉。等他回到家，又把书都归置到书架上。几天之后，沙发床送到了。比约恩·汉森在房子转了好几圈，仔细想自己还有没有什么遗漏的，有什么是年轻的学生在自己的房间里需要的东西，他也要在这里学习的。"终于有点值得期待的事情了！"他高兴地想。"我必须这么说。这完全出乎意料。想想，就在几个星期之后，他会住在这里！多好啊，他想要成为一名配镜师！而且还要到这里来！情况完全不一样了！"

他将要和儿子团聚了。之前是彼得停止来探望父亲的,现在也是他重新拾起了和父亲的联系。他知道这不容易。他上一次见到彼得已经是在六年前,那时候他还是个孩子,现在他已经是个大人了。他甚至不知道儿子现在长什么样子。或许儿子十四岁的时候也没有真的想切断和父亲的联系。虽然他每个夏天都会找个理由不过来。但或许他是希望父亲能低下姿态求他来。但他没有那么做,这是他在儿子两岁时就离开他和他的母亲所要付出的代价。他必须接受儿子在他十四岁的时候告诉父亲,他夏天有别的计划,不能到他这里来,然后在十五、十六、十七、十八岁的时候重复了这个理由。越是靠近彼得要来的日子,他越是不确定,他对这次会面感到紧张。他会注意到自己和别人说起这件事情的时候会用不确定的语气。例如和贝丽特,和赫尔曼·布斯克。他像一个普普通通的父亲一样谈论彼得。他说,故作轻松地,在家里有个年轻人其实也不太容易,他会表达"配镜专业"是不是"够好"。这就好像他在练习扮演一个角色,那个他十八年来都没接触过的角色,而现在这一切,这一切中的每一部分都是他的。他向给他打扫公寓的十八岁的姑娘玛丽·安展示着自己的身份。因为他在公寓里做的这些变化,他告诉她自己在等儿子秋天过来住。她突然对此显示出了兴趣,问他是不是有照片,当然是出于很自然的原因。但他没有!他手里儿子彼得最近的一张照片是在他满十一岁的那个夏天拍的。玛丽·安对此目瞪口呆。当然那之后比约恩·汉森能感觉出来她想掩饰自己的想法。这个五十岁的男人很显然根本不关心自己的儿子。很显然,女孩觉得自己有权做出这种道德的审判,哪怕她试图装作什么都没发生的样子,因为她不敢直接表现出她的看法,毕竟他给她工资,而且年纪又大,有社会地位,没错,还是她妈妈的上司。

当然,他也不是一定非得要有彼得长大之后的照片的。有照片当然是很好,但既然他没有拿到过照片,这也不会让他睹物思人。他没有那种剧烈的冲动想要知道儿子十八岁生日的时候长什么样,或是他毕业的时候,或是他去当兵的那天是什么样。他有个儿子,这就够了,他不觉得自己必须猜测他现在长成什么样了。他也不觉得有任何必要和儿子有那样的家庭关系,毕竟除了很短的一段时间,他们没有生活在一个家庭里。但他是他儿子。他为自己的儿子感到骄傲，只是因为种种原因，他不需要这个儿子有一张脸，而这张脸是他从一张照片上得到，然后细细端详的。他有权拒绝一个十八岁的女孩把他当成一种怪物一般看待吧。

在这些年里，他经常想起自己的儿子。不是日日夜夜，他从来没有晚上躺着睡不着，猜测着他过得怎么样过。他想过他的儿子会过自己的日子，没有他，从孩童成长成大人，没有他在身边纠正他。他喜欢自己的儿子在纳尔维克周围跑跑跳跳，慢慢长大的想法。那时候他在夏天的时候会到他这里住，他很开心能和他一起住十四天，其中充满了高潮。十四天结束的时候，他会有点淡淡的伤感，但也不到悲伤的程度。他会开车送他去福尔内布的机场，看着他登上那架带他回纳尔维克的家的飞机。是的，可以说他会有一种如释重负的感觉，一切都很好，但他终于可以回归正常的生活了。从彼得小时候起，正是这每年夏天十四天的相处，让他和儿子有了直接的关联。他很清楚地知道彼得现在已经是个年轻人，早已不是小时候的小彼得了，要是他提起那时的记忆，这个年轻人可能会不高兴。那不是彼得，那是比约恩·汉森身体里的回忆。看到大野狗时，小彼得的手微微颤抖，他知道这一点，是因为彼得牵着他的手。男孩会停下脚步，拉着爸爸的手，想往后退。在一条大狗面前，孩子的恐惧和焦虑让他知道作为父亲自己必须学会控制，或者起码是藏起情绪，告诉孩子没事的，咱们走吧。他很高兴自己有这样的经历。他开心地想，他是开心的。但这些回忆对他与这个正要来孔斯贝格学习验光，要和他，起码是暂时和他一起住的陌生的年轻人见面有什么帮助呢？这一张他没见过的二十多岁的脸蛋？他将突然出现，来这里和自己的父亲住在一起。

然后，在那个 8 月末的早晨，他站在这里。在孔斯贝格火车站等车，等着自己陌生的儿子。他来早了，在站台上等着。他一下子看到了希厄茨医生。希厄茨医生也在等火车。他在等医院要用的一些配件。比约恩·汉森觉得希厄茨医生自己来取医院要用的物品有点奇怪，但也可能是他想要出来透透气吧。比约恩·汉森说他在等自己的儿子，他之后会在孔斯贝格工程学院学验光配镜。"你儿子？我不知道你有儿子。真好。"他说。比约恩·汉森想了下他这句话里面是不是有点讽刺的成分。但他没时间细想，因为从奥斯陆过来的火车已经穿过了漂亮的拱形桥。车慢慢进站停下了。这是挪威南部快车，在孔斯贝格只停很短的时间，然后会继续开到泰勒马克，最后是终点——挪威最南部的海边城市克里斯蒂安桑。比约恩·汉森伸长了脖子，站在人群里看着旅客开始下车，又有些旅客排队上车。

比约恩·汉森突然意识到今天大多数从南部快车里下来的都是年轻人，基本上都是年轻男孩。所有人都带着行李。这当然是因为快要开学了，在度过了美好的假期之后学生们回来上学，或是新学生第一次到这里来。但对比约恩·汉森来说，这是雪上加霜，因为他要怎么从这么多人，这么多年轻人里把儿子找出来呢？站在人流里，大家冲着他走过来，他突然感到害怕，万一他和其中的一个人打招呼，结果认错了呢？认错自己的儿子，还是在希厄茨医生的旁边。他会被"打倒在地"，人们是这么说的，好像被晴空霹雳击中，就在这光天化日之下。"是他。"他听见希厄茨医生说。"好像你一个喷嚏打出来的一样。"希厄茨医生又说。

是他。在一群年轻人里，他冲着希厄茨医生

和他走过来。他是他们中唯一一个看起来有目标的，手里拖着两个重重的箱子。当然了！他认出了彼得，他这些年没有很大的变化。他看到儿子坚定的脚步和看向他们的目光，他和他眼神交会在一起。希厄茨医生站在边上。他迎着儿子的方向走了两步，然后接过了行李，笑了。比约恩·汉森有点震惊。这是年轻版的他自己啊。这张单纯的脸！他想。这是我自己的血肉。这样一张单纯的脸！太明显了。

比约恩·汉森走到了他的身边，他们并排站在一起。他伸出手欢迎彼得。他想要和自己的儿子握手，是因为他怕彼得放下了行李是要腾出双手拥抱自己的父亲，而这正是比约恩·汉森想要避免的。儿子出现得太突然了！拥抱太亲密了。所以他伸出了手。彼得握住了他的手。"欢迎。"父亲说。"嗨！"儿子说，仍然微笑着。

他们看着对方。除了他是他年轻的副本之外，彼得·科皮·汉森和其他在孔斯贝格下车的学生没有任何不同。如果他当时不是那么确定地走向比约恩·汉森，而是和别的人一样从他身边走过的话，比约恩未必能够注意到这是他要接的儿子。他穿着一件T恤，外面披着一件薄薄的人造材料的外套，给人一种轻松休闲的感觉。T恤上印着几个字母，现在几乎所有的T恤都是这个样子了。彼得的衣服上写着的是：欧洲之声。还好比约恩·汉森知道这是现在当前挪威很流行的青少年服装品牌，而他知道这一点是因为他作为税务官，经常会在企业破产之后作为国家和市政府的代表参与清算，过去几年孔斯贝格也有几家服装企业破产，所以他知道欧洲之声这个品牌。他们公司在孔斯贝格对那些公司提出了一些赔偿的要求，但比约恩·汉森的任务是确保取得国家应收债务，例如漏缴的增值税，并且要在那些私有债权人之前拿到钱。从这个意义上说，他也是公司的竞争对手，就像儿子如此天真地用胸前的T恤为他们做着广告的公司。当然彼得不会理解这一切的，他微微地笑了笑。他看着自己年轻的、时髦的儿子，穿着灰色的夏季长裤，略带绒的布料，看上去很舒服，起码以比约恩·汉森没有受过训练的眼光看来是这样。他脚上穿着厚厚的舒适的运动鞋。

这个年轻人给比约恩·汉森带来了很大的冲击。因为这是他的儿子。青春让他几乎无法呼吸。青春和它所有的荣耀！有待赢取的奖项，有待度过的人生，这一切都在他儿子的穿着打扮中显露无遗。当然比约恩·汉森知道自己的儿子就像是一个年轻人的刻板形象。他穿得和当前所有年轻人一样。十三个人里有十二个年轻人都和彼得·科皮·汉森一样。他们都表现着一模一样的自我陶醉、自我满足和轻松。但和自己儿子见面还是让他震动。他有个儿子，正当年。他以及他所有的青春，在属于他自己的时代。

彼得很快开始和爸爸讲述自己漫长的旅程。他两天两夜都在汽车和火车上，穿过了挪威的大部分地区。晚上他坐在火车上，靠在椅子上感受火车的夜间韵律。白天穿行在变幻的风景中。山川和峡谷。湖水和一些小村庄。但现在这些都不会让他激动了。旅行对他来说不是什么让人兴奋的事情。他的音量很大，颇有权威的感觉，父亲想。彼得说他被欺负了。他没有用欺负这个词，用了个年轻人的词。他们想要占他便宜，肯定是这样。那是在旅程的最后一段，从奥斯陆到孔斯贝格。有人占了他预留的位置。父亲弯下身拿起行李，说，好吧，我们走吧。他拿起了两个箱子，彼得没有任何反应。他觉得这有点奇怪，但还是想儿子可能觉得他只是要把箱子拿到车那边，大概就在火车站外吧。但当他说他没有开车,因为公寓就在附近的时候,儿子也没有要接过一件行李的样子,还是让他拎着两个箱子。当然箱子也没有他想象中那么重。儿子一路上还在继续讲他路上被欺负的事情。是的,他在奥斯陆上车,走到自己那个车厢的座位,结果有一位女士坐在那里。保险起见,他还又检查了一下票然后才对她说这个位置是有人的。但女人说这不对。他给她看了自己的票,但她坚持己见。火车开了,彼得站在那里,没有座位坐。那个女人不肯让步。她说被预订了的座位的背面都有标志,这个座位没有标志,所以就没有被预订,她有权利坐在这里,因为是她先来的。彼得决定要坚持正确的事情,所以他直直地站在这个占了他座位的女人旁边,等着列车员来。一会儿列车员来了,当时车已经快到德拉门站了。他给他看了票,指了指自己的预订座位。列车员看了看票,然后说,是没错。但为什么他不能坐到另外一个座位上去呢,还有很多空座位呢。彼得无比惊讶地看着列车员。他没听错吧?他没听错。坐到另外一个座位去吧。这里有很多空座位呢。但这个才是我的座位。这是我花了钱的座位。列车员生气地看着他。听着,这没什么好大惊小怪的。要么坐在那,要么就站着。反正你还有半个小时就到了,随便吧。然后他就走了。占了彼得座位的女人扬起了头。彼得就一直站着,一直站到了孔斯贝格,没有坐下,就站在自己的座位旁边。等列车员又穿过长长的车厢回来,从他身边走过的时候什么都没说。女人冲列车员笑了笑,彼得看到列车员也笑了笑。但他就一直站着。

是的,他站了一路。直来直去的。比约恩想,他穿着年轻人轻松休闲的衣服,带着少年的锐气,和我长得那么相似的脸。欺负。彼得在走向比约恩·汉森住的街区的路上一直在讲这件事,父亲拖着两个大箱子。当父亲打开大门,他们穿过走廊路过报箱,父亲停下来拿了信件,走到电梯旁按下按键,儿子一直在说这件事。然后电梯来了,把他们带到了三楼,他们走出走廊,到了公寓门前,比约恩·汉森开了门锁,走进门厅,把两个箱子放在了地上。

比约恩·汉森带彼得参观了公寓。首先是带朝西阳台的大客厅,父亲打开了阳台的门。然后是厨房,随后他打开了自己的卧室的门。他让儿子看了看浴室之后,打开了他为儿子准备的房间的门。儿子一路都满意地点着头，尤其是看到最后的房间，看到自己的沙发床、书架、写字台和凳子、衣柜，还有一个沙发椅。他说他可以住在这里，住一个秋天。是的，如果不用四处寻找一个小房间就太好了。能在这里住挺好的。但是……

"你要收多少钱？"

"啊？"

"对啊，房租。"

父亲说："不要钱。"

儿子说："那就好，对我正合适。这世界太难了。"

他说最后一句话的时候声音特别尖，直冲进空气里，比约恩·汉森已经明白了这是儿子表达自己的方式。但那最后的一句话里还包含着一些别的东西，一个秘密的信息。他不是要教给他什么道理，这是他要给父亲的一个信息，一种内在的东西，但比约恩·汉森并无法理解。当他说出"这世界太难了"这句话时，比约恩不相信自己能用任何的方式说出这句"你知道，这世界太难了"。不，这两句话就像是水与火。儿子分享他的密码的方式中也隐藏着自己特殊的骄傲，以一种不为外人道的方式。

彼得说他准备立刻就开始收拾东西，于是走到门口去拿自己的箱子。他把两个箱子都放在了沙发床上，然后打开它们。虽然那两个箱子很大，在儿子把东西都拿出来放好之后，比约恩·汉森惊奇地发现，他几乎没带什么东西。几乎没有任何私人用品。一个箱子里他只装了床上用品，其中还有一床乱糟糟的鸭绒被占了大半个箱子。另外一个箱子里只有衣服。儿子把衣服根据用途分了一下类，然后放进了衣柜的格子和抽屉里。内衣，薄袜子，厚袜子，手绢，领带，还有手套，都放在柜子的不同抽屉里。衬衣，彩色的和白色的都被放在衣柜左边不同的抽屉里。T恤放在第三个抽屉，毛衣放在第四个抽屉，然后裤子和运动服都挂在衣柜右边的空间里。父亲让他把外衣挂到进门处的衣柜里，他马上就去了，然后把自己的鞋子也放到了那里，除了脚上穿的，他还有两双运动鞋，放在了衣柜右边那部分最底下的地面上。他还有一个很大的洗漱用品袋，他让他放到卫生间里去，那里的柜子将将够用，以现代的标准来看，那柜子太窄了。

他的个人物品就三件，起码父亲看到的只有那些，儿子特别小心地安置它们。但这三件东西都让父亲感觉很尴尬。他先拿出了一个自己的家乡纳尔维克的纪念品。那是个很廉价的东西,仿银底座上竖着一根细长的银色的杆子,挂着市旗。彼得花了很长时间找个好的地方摆放它,试了很多地方之后决定把它放在书架的顶上。接着他从箱子里拿出了一个啤酒瓶,这是包裹在衣服中的,(儿子是在拿出杯子和床上用品之后拿出这两样东西的,之后才理的衣服。)这个啤酒瓶形状很特别,应该是用玻璃做的,像是靴子的形状。这是两升的瓶子,儿子说。他能看到酒瓶上有标识,说明它属于他服兵役的那个地方的一家餐馆,那个他又坐大巴又坐火车穿越了大半个挪威才能到达的地方。父亲觉得既然他带上了这个酒瓶,它一定和他个人的生活有很大的关系。虽然儿子没说,但比约恩·汉森想肯定是以下两种中的一种。要么是彼得和部队的兄弟一起玩乐的时候在他们的欢呼中偷来的。要不就是彼得一口气一刻不停地喝下了两升酒,或者是比谁喝得都快,赢得的赌注。不管是他因为喝酒挑战赢来的,还是他的战友们弄来做赌注的,比约恩·汉森都不想直接问,但他希望儿子自己告诉他。所以他对这个瓶子表现出了虚假的兴趣。他能看出儿子对此有点受宠若惊，但他还是很坚定地保守秘密，这个两升的靴子形啤酒瓶属于彼得·科皮·汉森所有。他又找了好几个地方，想要找到最合适放这个酒瓶的地方，不过最后它还是落到了书架顶端纳尔维克城市旗子的旁边。

最后，当所有东西都被从箱子里拿出来了之后，彼得拿出了要装饰自己作为孔斯贝格工程学院学生的房间的最后一样个人物品。他拿出了一张卷起来的海报。他把海报端端正正地贴在沙发对面的墙上。当他用比约恩·汉森匆匆忙忙从厨房的抽屉里拿过来的胶带把海报贴上墙之后，他退后几步欣赏了一下。嗯，他真的在欣赏。比约恩·汉森也必须走过来看这幅画。

这是一张红色跑车的巨型海报。意大利设计的法拉利。车子旁边，有个戴着墨镜的男人自信地扶着车身，这是车主的象征，运动服。车子是全敞篷的，顶棚收了起来，背景有种沙漠般的粗粝的气质，让跑车的颜色显得更细腻。这是一张纯粹的广告海报，展现着红色跑车的美感和层次。站在跑车边上的人脸上丝毫不带讽刺的表情，这在现代的广告界已经很少见了，整张照片上没有任何讽刺。它展示着这辆车的豪华与站在车旁的男人的权力。没有其他的。没有讽刺意味,那个人处在不需要假装的氛围里,不需要用迷人的表情表示抱歉。财富之美。简单,直接。剩下的只有一个问题:为什么他的儿子要带着这张海报,然后把它挂在墙上?

父亲没有问。彼得也没有给出任何解释,显然觉得它本身就说明了一切。他看了看钟,打算去工程学院熟悉下环境,四处看看,起码到眼科验光专业的办公室去报到,去到他被录取的专业。父亲问他们要不要晚上一起在公寓吃个饭,毕竟是他来的第一天。但彼得说不用了,他有太多事情要做,不知道几点能回来。儿子走了。过了一会儿,比约恩·汉森也离开了,去了办公室。后来他在正常的时间回到家。做了晚饭,吃了晚饭,把脏盘子放到洗碗机里,拿了一本书坐下来。他当然处在一种不寻常的状态里,心神涣散,他不知道自己应该如何应对生活中发生的新变化。

儿子回来了,这比比约恩·汉森想象中早很多,才晚上7点半。父亲坐在客厅里看书——克尔凯郭尔的《恐惧的概念》。他必须惊叹这个十九世纪上半叶的丹麦人,他用完全严肃的态度来处理《圣经》中的传说,就好像亚当和夏娃是真的一样。比约恩·汉森一点都不怀疑克尔凯郭尔是真的这么相信的。这个丹麦哲学家给那些古老的教义赋予了生命，虽然它们在比约恩·汉森眼里早就已经死得透透了。他能感觉书页上蒸腾起一种强烈的存在感，紧紧地抓住了他这个二十世纪末不信神的生活在挪威小城市的税务官的思想。仿佛一道光穿透了一百五十年黑暗不透明的历史，照到了这个孔斯贝格的税务员身上，简直太神奇了。虽然这也许并不那么奇怪，因为从历史角度看，他是在一个降级的位置上。他的职业生涯有了变化，从一个政府官员变成了基层公务员，这也让他能像同僚一样体会到克尔凯郭尔所说的那些作为局外人对官员的嘲讽。虽然在这种历史的进程中，他自然是没有感到过自己的生计有任何的恶化，只是这让他能体会克尔凯郭尔对教义（对他来说早已死亡的概念）的钻研中语言的音乐性。他手中的这本书的版本是1962年的，他在还是学生的时候第一次读它，书上画了很多线。他现在看着它有点想笑，二十一岁的他在当时真的觉得这些话重要到需要被画出来，就和现在的彼得一样，带着自己稚嫩的脸四处周游。这是他自己愿意读的书，和自己所学的社会经济学专业毫无关系，在那里他要接触的是完全不同的概念和方法。门那边传来关门的声音，彼得回家了，在晚间新闻开始前。比约恩·汉森站起来打开了电视。儿子走进了客厅，然后他们坐下来一起看新闻。他们好像是寻常的一家人，一起围坐在电视前看晚间新闻，就像挪威成千上万的家庭一样。比约恩·汉森和他已经成年的儿子，那个他几乎不认识的儿子，一起坐在那里。他穿着他时髦的衣服，在人生重要的阶段，在确定自己这一辈子要谋生的职业道路上迈出了第一步，这将让他成为真的男人。在合适的时间他可能会成为一个父亲，每天八个小时就弓着腰坐在设备前，让近视的眼睛能正常目视。一个男人，一个家庭中的父亲，穿着白大褂，弯腰在制镜的机器前，仔细地让镜片能适配那只眼睛。这种感觉真奇怪，他和自己几乎不认识的，但确确实实是他儿子的陌生年轻人一同在家里坐着。

彼得好像没有特别在意第一次参与父亲这样传统的家庭日常。他回来的时候拿了一袋子书、纸、笔记本和文件夹，很快就进了自己房间。然后走出来在沙发上坐了一会儿，看了会儿新闻，然后又进了房间一趟，再走出来坐在沙发上看完了晚间新闻。他看上去有点兴奋，但又有些许不安。

晚间新闻结束之后父亲问他可不可以关电视。彼得点了点头，他对此无所谓。然后他们一起坐了一会儿，沉默着，直到儿子突然开口："阿尔戈特没有来。"比约恩·汉森问阿尔戈特是谁，然后彼得说那是他的朋友，也是他的指明星。最后那句的语气很直接，让父亲觉得很意外，他从没听过任何人把朋友定义成指明星的。虽然他曾经决定不要特别干涉儿子的事，一下子就开始刨根问底，但这次他实在是抑制不了自己的冲动，想要了解更多阿尔戈特的事以及彼得和他的关系。

彼得和阿尔戈特是在部队里认识的。他们同在一个连队，整个服役期都住在一个房间里。他们成了很好的朋友，也是阿尔戈特让彼得来申请孔斯贝格工程学院的配镜专业的。在那之前，彼得从没想过这个，他几乎都不知道配镜是什么。他不知道自己之后要做什么，但他想过要学什么专业。他想过去学计算机，或者媒体什么的。他其实已经开始上计算机的函授课了，部队里有很多函授课的选择，很多人都选了计算机。但阿尔戈特说："计算机，以后学计算机的人太多了，再过几年，那些三十多岁的不开心的计算机顾问、计算机工程师、程序员都会在劳工办公室门口排队接受再就业培训。算了吧。"阿尔戈特自己决定要学配镜。这没什么好意外的,因为阿尔戈特姓布卢姆。阿尔戈特·布卢姆是奥斯陆一家连锁眼镜店的名字,在首都有好几家店,也正准备在挪威更多城市开店。所以,阿尔戈特·布卢姆肯定是会去学配镜的,他有那么大的产业要继承呢。但他让彼得和他一起。他的描述让彼得对这个专业也开始感兴趣,因为这是有未来的。这个专业不是只有家中父亲开眼镜店的人才能学,不是那样,在未来会需要大量这种工程专业的人的。这是阿尔戈特说的。配镜学是工程艺术中的一种。阿尔戈特让彼得参加了几个可以作为配镜学预备阶段的函授课程,他自己也上,所以他们俩,就他们两个人可以一起学习。阿尔戈之前就懂很多配镜的知识,所以学得很顺利。当阿尔戈特申请了秋天开始的孔斯贝格工程学校的配镜学专业的时候,彼得也一起申请了。几个月前从来没进过他脑子的专业,现在看起来是那么自然的选择——这辈子的生计。人们会说这是偶然,但这是个聪明的选择。很快它会显示出这是未来有着广阔潜力的小专业,虽然不是非常的"时髦",但这比盲目跳进所有人都在谈论的专业要聪明多了。这样在这个专业变时髦的时候就可以尝到果实了，配镜专业肯定会发光发热的，彼得对此一点都不怀疑。虽然他没有说，但父亲明白他在做决定的时候，也将和阿尔戈特·布卢姆的友谊一起考虑了进去。并不只是他在一个专业变得热门之前选择了它，将后来跟上的一批配镜师抛在身后，他还拥有阿尔戈特的友谊。因为阿尔戈特·布卢姆有很多店，他是不可能都自己亲自管理的。所以他觉得几年后，自己在奥斯陆管理一家眼镜店根本不是什么不可能的事情，或是他也可以被派到克里斯蒂安桑或是斯塔万格接管阿尔戈特·布卢姆的一家店。他已经准备好接受阿尔戈特的领导，他对此一点都不担心，毕竟那是他的朋友啊。他们的整个服役期都泡在一起，无论是在营地，还是放假去城里。他们在城里一起经历过的事情都能写一本小说，儿子笑着说。还有他们是如何在休假超时之后设法偷偷溜进营地不被发现，如果让个真正的作家写下来，那会让人笑得停不下来。服役结束的时候他们都有点难过。夏天之前，他和阿尔戈特联系过，他们约好今天在孔斯贝格见面的。他们没有定好时间和地点，不过这个城市也不大,他们总是能碰到的,这是阿尔戈特说的。但他没找到他。工程学院没有,街上没有,在他走过的那一众酒吧和餐厅里都没有。他觉得城里到处都是学生,肯定都有上千了,今天城里的大街小巷和酒吧里都是人。但没有阿尔戈特。他整天都在找他。是的,甚至早上他还在奥斯陆的中央火车站找了,如果阿尔戈特是坐火车来的话,不过这种可能性不太大,阿尔戈特肯定有自己的汽车的。这有点奇怪。明天学校就开学了。"他可能最后一刻才来吧,"父亲说,"很多人都是这样的。""但我们约好了。"彼得说,有点失望。"或许他改变主意了,"父亲说,"或许他想自己还是在家里的店里实习更好呢。你想过吗?""但他报名了,他在名单上,"彼得坚持说,"我问了他是不是在名单上,他们找到了他的名字,说他在名单上。他肯定会来的。"

比约恩·汉森的房子里多了个儿子。儿子来和他住在了一起。他把自己的东西都摆了出来。他出去转了转,看了自己的学校,那将是让他进入成年人世界必须承担的责任的门票。生活的门槛。第一天。而他的指明星阿尔戈特,没有来。虽然他们约好了的。当一个二十多岁的年轻人和自己的父亲说我们生活在一个残酷的世界，这意味着什么呢？他还将一张红色跑车的广告贴在墙上，好像它是件艺术品的样子？这是孔斯贝格的夜晚。在税务官的客厅中的夜晚。8月的夜晚。温和，黑暗。通往阳台的门半开着，微风吹进客厅。嗯，彼得选择学习配镜学，是因为他有个朋友想要学这个，父亲想。要不然他可能永远不会这么做。是的，人生中充满了偶然性，我们的选择，哪怕是专业的选择，都可能因为一些奇怪的原因被决定下来。但这是朋友帮他做的选择。就是这样。这事情不见得有多么严重，但我为他感到担心，比约恩·汉森想。尤其是，他的思绪停了下来，因为他想到了儿子过高的音调，这一直让他觉得不太舒服，他知道这很不公平，但他确实又感觉有些恐惧。

儿子去了阳台，站在外面呼吸新鲜空气。比约恩·汉森跟着他出去，站在他的身边。温柔的8月的夜晚，暗了。暗色的天空。暗的空气。环绕着孔斯贝格的高山也是暗的。在山间，城市闪着光。在那下面，在那外面，商店的窗户里闪着光，路灯闪着光。在他们身下，左边一点有座加油站，大片没有生机的水泥地面上闪着光，还有居伦勒沃酒店五楼一扇窗中透出的孤单的灯光。火车站里没有火车，站台上有着淡淡的光。一辆停在车站外候车站的出租车被笼罩在一盏街灯浅浅的光晕中。在他们这里，这个城市几乎没有什么大的声响，只能听到微微的嗡鸣声从远处传来。站在阳台上，左右两边都有目光几乎不可及的地方。左边是去往奥斯陆的高速公路，右边是去往耶卢和卑尔根的高速公路。这两条国道在孔斯贝格外围画了一个圈，还有第三条国道，是去诺托登，然后翻过海于克利山去西部的。只不过站在他们现在所处的阳台上看不到也听不到那条路的情况。另外两条国道距离他们不远，而且照明很足，比城里的灯光强很多。强光的路灯照亮了路面，路上的车辆开着车灯，带着黄色的光晕移动着。他们面前和脚下，他们也身在其中的城市，没有什么声音。一辆车门被关上，发动机开始轰鸣。一声突然的笑声，又突然消失。车慢慢地开上了街道，离他们几米路而已，到转角的时候灯光消失了。他们站在阳台上就能看到。然后还有他们楼下踩在水泥地上的脚步声。洛根河的支流，就在他们的右边，在通往耶卢和卑尔根的灯火通明的国道前面，非常安静。从阳台看过去就好像是个黑洞一般。"看!"彼得说。他指着火车站另外一边的霓虹灯招牌,那是指明大超市CITY就在那里的标志。但吸引彼得的当然不是那边的超市,而是这个牌子上写的字。红色霓虹灯点亮的字——CITY。"我们在城市里,"他兴奋地说,他的声音里还残余些许说教的语气,"就在城市中心。"他边指边说。这一次是另外一个亮着灯的招牌,也是红色的霓虹灯,挂在一根高高的桅杆上,几乎和他们站着的阳台一样高。灯牌上亮着"TOYOTA"。"太棒了!"彼得说,"真有劲儿。我觉得我会喜欢这里的,我的血在燃烧。"他这么宣告:"明天阿尔戈特就会来了。"

然后他突然从孔斯贝格的夜色中抽身,走回到客厅里。父亲认为儿子大概是想要去迪斯科的世界,在孔斯贝格的某个地下室,震耳欲聋的音乐,疯狂闪动的灯光营造出年轻人的盛会,但因为它是在地下室,关在有保安把守的门后,而且是在大酒店的底下,所以它的声音不会被站在这座孔斯贝格市中心的现代化公寓四楼阳台上的人们所捕获。但它存在。比约恩·汉森相信那是吸引彼得的地方。但并非如此。儿子要去睡觉了。他明天要早起。他想要睡个好觉。城市和城市的快节奏生活可以等等。他要和阿尔戈特一起进入那个世界。儿子进卫生间洗漱。父亲想到了"晚间洗漱"。他注意到彼得随身带着的那个巨型洗漱包。他在那里面装了什么？但他决定，无论自己对儿子的所作所为或是懒惰有多么好奇，他永远、永远都不要去看它，因为他自己并不愿意从中撞破什么秘密。但儿子并没有把这当成秘密。他可以把洗漱包放在自己房间，但他却把它放在卫生间里的玻璃架子上。他从卫生间里出来的时候，它还在那里。他穿上了睡衣，然后平静地走进了自己的房间，关门之前说了一句晚安。他是个绅士，比约恩·汉森想，我儿子是个年轻的摩登的绅士。好吧，好吧。总之他现在在这里了。就像是我生活中的客人一样。他想。

但阿尔戈特没有来。比约恩·汉森看着自己年轻的儿子在开学第一天去上课，充满期待，有些紧张，新买的书放在包里，还有圆珠笔、笔记本、活页夹。他站在生活的门槛上，准备接受新的知识。他穿了件新 T 恤，上面印着 "Bik Bok" 字样。但等他晚上回家，一脸沉闷，虽然他努力想要掩盖，但比约恩·汉森一下子就看出来了。儿子关上门之后，直接就往自己房间走，只是出于责任和义务停下来和父亲说了几句话，毕竟父亲知道这是他上大学的第一天。"我们有四十个人，"他说，"这一届。"他接着说："大家都从挪威不同地方来，还有一个冰岛人。有个老师是英国的教授。他不住在这里，每周飞过来一次给我们上课。特隆赫姆大学也有一个光学实验室的专家，在我们需要的时候会过来。还是很专业的。"他冲着父亲头上的方向说这话，脸半侧着。然后他说他得看书了，就进了房间。他待了好几个小时。晚上很晚了，他才穿着睡衣走进洗手间，在那里又待了很久。出来之后他进了自己的房间。在推开门的时候，他说："阿尔戈特没有来。但他明天应该会来的。"他说。

但他没有来。彼得下午回家很早，父亲还在坐着吃晚饭，他问他要不要一起吃点，但彼得摇了摇头。他不饿。他很沮丧。"阿尔戈特没有来，"他说，"可学校一点都不在乎。他们就让他的位置空着。因为他没有发来任何消息。""那他肯定会来的吧，"比约恩·汉森说，"或许他只是晚了几天。""不是的，"彼得说，"阿尔戈特去伦敦了，我打听到的。"

他说后面那句话的时候满是嘲讽，比约恩·汉森觉得自己的儿子并没有在说假话。彼得弄清楚了。学校没有做到的,这个年轻的汉森侦探主动去找到了答案。彼得在第一节课的教室坐了下来,他一直张望着,想要看到阿尔戈特。他肯定会冲他眨下眼,或是做个怪相:看,我来了,开学第二天,也不太糟,对吧?但阿尔戈特没有出现。他站起来看了看四周,然后点了点人数,包括自己在内一共三十九人,应该是四十人。然后他坐下来上完了第一节课,那是物理课,但他的注意力无法集中。等到课间休息,他就冲去了办公室。他们昨天就认识他了。他又问了一次他们是不是真的没有阿尔戈特·布卢姆的消息?他们有点惊讶地说确实没有。"但他没有来呀!"彼得大声说。"是的,是的,但我们没有任何消息。""你们确定吗?"彼得问,"能不能再查一下?"但办公室里的那位女士并不想这么做。彼得气极了,但还好他控制住了自己。他只是转身离开,没有继续去上课。他去了电报局。他在那里查了奥斯陆电话簿里 B 字打头的那一本,然后用颤抖着的愤怒的手指翻着页码,直到找到了阿尔戈特·布卢姆的私人地址和电话,应该是他父母家。彼得想着阿尔戈特应该是和父母住在一起的。他走进一个电话亭拨通了电话,但没有人接。然后他又去找了阿尔戈特·布卢姆眼镜店总店的电话。他进了电话亭拨了号码,要求和店长说话。"他现在刚好在忙。"电话那头的人问是什么事。"我找小阿尔戈特·布卢姆,"彼得说,"我是他一个好朋友。你知道我怎么能联系上他吗?我是说,你们知道他现在在哪里吗?""哦,是小老板啊,"那个声音说,"小老板昨天去英国了。""那他什么时候回来呢?""圣诞节吧,"那边说,"就我所知是这样。""哦,好吧,"彼得说,"所以他决定去伦敦学配镜了是吧。""是的,"那边说,"他们知道什么是最好的。"彼得挂了电话。

后来,他有点后悔自己电话挂得太早了。他其实应该问一下阿尔戈特的地址和电话号码的。但他太困惑了。因为他说自己是阿尔戈特的朋友,他确实也是,他就不能作出自己完全不知道他去伦敦留学的样子。他从来没和彼得说起过。我们秋天在孔斯贝格见,他和他是这么说的,但他却去了伦敦城市大学更好的配镜学的专业学习。彼得很快又去了办公室。他没有说阿尔戈特在伦敦,只是又重复了一遍他的要求,问他们是否能查看下小阿尔戈特·布卢姆是不是给他们发了消息,解释他为什么没有来,因为配镜学专业已经开始上课了。但办公室的老师不想这么做。不光她不想,她的领导,一位男士在他站在那里重复自己的要求的时候也是这样说的。是的。他坚持他们应该再去查一下。可能是他们错过了什么消息。或许他写信过来放弃了学位呢。这样这个学位就空出来了。他们不明白吗?如果阿尔戈特·布卢姆写信来放弃了这个学习机会,那就可以有一个新学生来这里上课了,难道他们不理解这对没有被录取的人有多么重要吗?突然收到消息,因为空出来了一个名额,如果他愿意的话可以来孔斯贝格学习。彼得就这样坚持着。但这并没有什么用。他们不愿意再去查一次。最后彼得也只能放弃,毕竟他还是个新生,他也不想特立独行,显得特别不好相处。他总是可以冷静下来的。

彼得仔仔细细地、情绪激动地讲完了整个故事,这让他的任何动作都很难被忽视。他很沮丧,是对学校的管理,而不是对直接消失的阿尔戈特。他消失了,留下了一个名额,但学校的管理部门居然对此置之不理。比约恩·汉森不喜欢这样。他不喜欢彼得讲的故事,他不喜欢他讲故事的方式,他不喜欢自己儿子讲的这个故事里面告诉他的事，有关他未来的前景。尤其最后这一点让他担心。他儿子之后要怎么办呢？让他来到孔斯贝格学验光的理由已经不存在了。他在孔斯贝格的前景是那么摇摆不定。

但儿子继续着自己的学习，就像什么事都没有发生过一样。现在他不再提起阿尔戈特了。阿尔戈特是他意识中的一个空洞，而儿子往前看了。没过多少天，比约恩·汉森眼中的儿子已经是一个努力生活的年轻人了。"他努力地生活着。"他之前并不喜欢儿子在自己讲述的故事中的样子。虽然父亲试图去同情他，他自己的儿子，但他做不到。渐渐地，他脑袋里出现了一个奇怪的想法，挥之不去。"彼得吃着我碗里的饭。"

他为什么会这么想呢？这么想自己的儿子？"彼得吃着我碗里的饭。"这种想法的出发点其实是：比约恩·汉森和他的儿子彼得住在孔斯贝格市中心一个四个房间的公寓里。因为彼得在孔斯贝格工程学院读书，他没有去住学生单间，而是和自己的父亲住在一起。比约恩·汉森和从前一样，过着自己规律的生活。彼得也过着自己的日子。他们俩只有在早上，还有彼得晚上回家的时候碰面。彼得在家的时候，他也经常待在自己的房间里。他只会到客厅看电视,每次他都会问自己是不是能打开电视。他们两个会一起吃早饭,或者起码是在差不多的时间吃。如果彼得先起床,他会先上洗手间,然后去厨房弄面包,把咖啡煮上,等他弄好之后,父亲正好出来吃早饭。有时候他们在同一张桌子上吃,但很多时候儿子会带上自己的面包和一杯咖啡进自己的房间,为当天的课程做准备,他是这么说的。要是父亲先起床,他会做咖啡,然后在早餐桌边吃饭,儿子出来自己做自己的早饭,之后要不也在桌边坐下,要不就又回到房间去了。不过,他们吃的东西都是一样的,因为比约恩·汉森说过他们各自买自己的面包和牛奶什么的太不方便了。虽然有时候住在同一个公寓的人也用同一个冰箱和同一个炉子,分别用两个咖啡壶,但彼得没有对此发表过什么意见。他们是分开吃晚饭的,因为彼得的晚饭时间很不固定。而且他也肯定希望能有更多时间和自己的同学在一起吃吃饭什么的,这样大家才能更熟悉。所以很多时候他都在外面吃,在学校的食堂。不过有时候他晚上回家的时候也还没吃饭,就会从厨房拿片面包吃,这个频率也挺高的。所以比约恩·汉森开始做双份的晚饭,这样儿子可以回家把父亲剩下的部分吃掉。很快彼得总是会这样。他和同学去食堂吃晚饭的时候,自己只带个圆面包,或是个维也纳面包,甚至只是一杯咖啡。不过周日彼得都得自己想办法做饭。因为那时候比约恩·汉森不是和贝丽特、赫尔曼·布斯克一起吃饭,就是去格兰德大酒店吃饭。那时候彼得一般就会给自己煎个牛排,他在回家的时候能闻出来。

他们吃饭的问题就是这么安排的。没什么特别的,也没什么耸人听闻的地方,这不过就是一个父亲有个正在上学的儿子住在自己家里的情况。这是很自然的,比约恩·汉森买回配着面包吃的东西,牛奶,做双倍分量的晚饭,让上了长长的一天学回家的儿子如果没吃晚饭的话能有口吃的,这是很自然的。就像父亲和儿子一同吃早饭,或是儿子为了好好准备一天的学习在自己房间吃早饭,父亲下班回家忙完事情吃晚饭,而儿子做完自己的事情回家吃晚饭一样自然。这一切其实是特别自然和良性的父子关系。如果不这样才是不自然的。比如儿子明明应该看前一天课堂的笔记为今天做准备,却硬是要和父亲坐在一起吃饭,或是每天晚上儿子5点准时回到家吃晚饭。那种时候人们才会觉得这个儿子或是这个父亲奇怪。如果父亲坚持要分这些家用的账单，包括晚餐的钱，那才奇怪。但没有多长时间，父亲就开始想："彼得吃着我碗里的饭，他占便宜了。"这是因为他在内心深处觉得彼得没有提出来要分账让他很不开心吗？不，他要是这么提议了，比约恩·汉森才会生气。那是因为彼得将这一切当作是理所当然，免费的房间，免费的食物，免费地使用整间公寓的权利吗？不，因为彼得并不认为这是理所当然的。正相反，他在这些情状下对比约恩·汉森的态度有着双重的意味，是这个有些奇怪。

星期天的时候，当比约恩·汉森不去布斯克家的时候，他会去格兰德饭店吃饭。等他回家的时候，他会察觉到儿子煎了牛排，或是香肠。他想过："其实我可以请他一起去格兰德饭店吃饭的。"最初他也想过在周日的时候带他一起去和赫尔曼·布斯克散步，然后他们可以一起去饭店吃饭，或者去赫尔曼·布斯克家。毕竟赫尔曼·布斯克也是邀请过他的。他们见过一次面。那是在比约恩·汉森家。那时布斯克说很欢迎他和父亲一起去他家吃饭。但彼得说那不太合适，很可惜他的周日不能这么安排。公平地讲，一个向往自己独立生活的年轻人当然可以用自己的方式度过周日，而不是和中年父亲还有他中年的朋友和妻子一起度过。但他说话的语气让比约恩·汉森很不高兴。他太自以为是了。他完全没有理解父亲的朋友邀请他，是因为出于对比约恩·汉森的友情而表现出的客气和爱屋及乌。所以，比约恩·汉森的感觉是当他说星期天有别的事情要做，与其说是拒绝和他的朋友赫尔曼·布斯克相处，不如说是拒绝他。他站在那里，听到的是儿子拒绝因为自己在比约恩·汉森的房子里占了间屋子，而必须接受的作为儿子要履行的义务。

这其实根本没必要。为什么他不能让自己父亲高兴一下？让他可以带着自己的儿子去贝丽特和赫尔曼·布斯克家吃饭，就那么一次。最起码，他可以有礼貌地感谢，显示出自己有兴趣，说愿意去。他也不需要真的去，只要之后再找个借口推辞就行了。这件事情让比约恩·汉森对彼得心里有了个疙瘩。"他在努力生活。"他只能这么想，但心里其实也不确定这件事情真的显示了什么。当他从格兰德大饭店吃完饭回家，闻到公寓里牛排的气味的时候，他想，活该。有一次他在去格兰德大饭店吃饭之前先回家办点事。当他回到公寓的时候,正碰上彼得在煎香肠。周日的晚餐。彼得穿着时髦的轻便的休闲服,和业余时间会去森林和户外的年轻人一样。他就穿着这样的衣服煎香肠。我没有邀请他一起,我没有这么做,就让他在这里煎自己的香肠吧。他和儿子说了几句话,然后说自己要出门了。儿子当然知道他穿着老派的西服,要去餐厅吃大餐。当他说他要出门的时候,彼得明白他是想要隐瞒自己要到外面吃饭。而当然因为他没有邀请他一起,他就只能可怜巴巴地吃那四截烧焦的熏肉肠。不过后来,当比约恩·汉森坐在格兰德大饭店里看菜单的时候,他后悔了。

他仿佛看到彼得就在眼前,在他的客厅里穿着时髦的户外休闲服,煎着香肠。孤单一人。在星期天。为什么他不和别人一起出去吃饭呢?而且每个星期天都是一样。每次他回家,公寓空气里残余的煎牛排的味道都说明了这一点。而且洗碗槽里也只有一个孤单的盘子。他总是一个人,他想。他并不太了解彼得。彼得只是偶尔和父亲一起在客厅里看电视的时候说起一点自己的事情。或是父亲在公寓里看到的和听到的那一点点。他周中每天晚上都很早回家,经常是在 6 点半或 7

点的样子。要不然就是9点过一点点,或是11点过一点点,那是电影散场后他直接回家的时间。比约恩·汉森的公寓距离孔斯贝格那个特别好的电影院只有几百米路。要不然就是他看完电视,从沙发上站起来,出门走一圈。那时候他待在外面的时间也不太长,基本上也就是去散了个步。

为什么他不和别人在一起呢?比约恩·汉森想。是吧,他就是这个样子,他对自己说。在周六的晚上他会在外面很长时间。他想象着自己儿子的样子。他会在浴室待很长的时候,等到出来的时候,穿着自己休闲但精心搭配过的年轻人的衣服。他会从坐在沙发上的父亲身边走过,甩甩头,然后去学生迪斯科舞厅,准备和所有那些忙碌的年轻人,一起征服孔斯贝格10月的夜晚。直到深夜才回到家,锁上公寓的门。但是周日呢?他想。为什么彼得周日总是一个人呢?为什么他不和他们一起吃饭呢?他又想到了自己的儿子一个人站在那里,显得那么孤单。在他如此典型的青春中,如此孤单。或许他没足够的钱和别人一起在外面吃饭,他想。我的儿子很节省,所以他一个人在家里吃饭。他大概是白天的时候和他们在一起,和这个或是那个人出去了,然后别的人继续玩的时候，他就回家了。因为他是唯一能在自己家做饭的人。

比约恩·汉森能从彼得经常提起的同学名字中判断，他和别的人还是有关联的。是的，比约恩·汉森也能叫出他们中的几个人的名字。他注意到那些名字是因为彼得经常提到他们。卡斯滕·拉森，是从纽北哥松德来的。扬·菲尔特斯古格从希恩来，他看上了和他们一起上学的那个冰岛同学，然后他们俩成了一对，坐在食堂里手都不松开。（彼得说的时候笑了。）还有瑞典那个奥克·斯文松，从阿尔维卡来。还有他自己。在比约恩·汉森的印象中，彼得和这个瑞典的奥克整天都在一起，起码他们上课的时候坐在一块，在对全国最大的眼镜制造商艾斯利尔·阿斯彼得进行的抗议活动中站在一起，还有在实习的时候也是。另外他们在食堂的时候，儿子也总是和奥克坐一张桌子。奥克吃着自己的晚饭，（彼得会喝杯咖啡，有时候带着维也纳面包），比约恩·汉森能感觉到扬·菲尔特斯古格和他的女朋友也坐在那一桌，手牵着手。

但等我回家的时候，他都在那里，比约恩·汉森想。他总是在那里。每个星期天。为什么他从来不说他是和谁出去的呢？在我问他做了什么的时候，他只是说他出去散步了。奥克不散步的吗，为什么他们不能一起去孔斯贝格的郊外散步呢？散步的时候最适合讨论问题了。他们肯定有很多可以聊的东西。比约恩·汉森知道彼得是这样的人。但彼得没说过任何散步时候的事，没有任何关于奥克或是别的人说的或是做的事情。当然他不说关于他们的事情，也未必意味着他是一个人去散步的，不一定是这样。但是，他还是怀疑自己的儿子太孤单了。

所以，在有一天彼得问他是不是可以借用他的车子的时候，他特别高兴。工程学院有一群人打算在周五去奥斯陆听个摇滚音乐会，而他们发现车子不够，所以彼得问他能不能借车子给他们。比约恩·汉森很激动地立刻把车钥匙给了他。这不仅仅是因为这否定了他对于儿子总是孤单一个人的猜测，也因为彼得向他开口借车的这个行为让他表现出"儿子"的样子，而不仅仅把他看成一个给他提供了住处的好房东。他经常能感觉彼得对他就是这种感觉，而他也没有什么是他能做的，因为这没有对错，毕竟对他来说，在和儿子分离了那么久之后，他也很难有父子的感受。儿子把车开走了,这辆父亲的旧车里塞进了四个学生,他们要去首都的摇滚音乐会,单程一个半小时。

第二天早餐的时候,彼得把钥匙还给了比约恩·汉森。他问儿子音乐会怎么样。"挺好的,"彼得回答,"就是很贵。我加满了一箱油,但我们回到孔斯贝格的时候,我们原本应该要 AA 分账的,但他们不想付钱,没有一个人要付钱。我整个晚上都在开车,音乐会后他们都一直坐在那里不停地喝啤酒,而我只能喝橘子汽水。他们甚至连钱都不想付。""为什么不?"比约恩·汉森问。彼得耸了耸肩膀。"我不知道,"他说,"他们就这么跑了。"

好吧,彼得不知道为什么他的朋友们不愿意分担汽油的账单。他们只是笑着跑掉了。比约恩·汉森想不通他们是用什么方式就跑掉的,但他也不想再问了,因为儿子明显也不想再聊下去了。他很生气。这件事也做得太烂了,而且太不寻常了。是什么让三个朋友这样对待第四个朋友?他们这样算是好朋友间的玩笑吗?难道说下次是卡斯滕开车,彼得乘车,然后卡斯滕加油,做一整晚的司机,只能喝橘子汽水?

"所以我把他们扔下了。"彼得说,用他平常尖细的声音。"让他们自己想办法回家吧。哈尔沃·默克要走四公里，但既然他不肯付钱，那就让他自己走吧。我在广场那里停下车，在准备一个个送他们回家之前要求分账。妈的，那都是大半夜的，都早上4点了，他们觉得我在开了那么久的车之后还要一个个把他们送回家，他们甚至还不付油钱。然后他们滚下车去了出租车站那里，然后打车回的家，起码哈尔沃是这样，别的人我不知道。明明出租车比他们要付的油钱更贵。"

比约恩·汉森不喜欢这样。他不喜欢这样的场景。这不是什么普通的不付钱，这完全是另外一回事。那是三个人对付彼得，这三个同学和他的儿子不对付。他们为什么不愿意付油钱，而宁愿打车呢？这就不是钱的问题，明显是因为别的原因。可是究竟因为什么呢？为什么他们会这么对待他的儿子，尤其是在儿子提出他来找车的建议，为他们解决了交通的麻烦，而且开车往返奥斯陆，几乎只能坐着干等他们这三个朋友在首都放纵一个晚上？

不要反应过度，比约恩·汉森告诫自己。放轻松。这只是个小插曲，彼得必须承担大部分的责任。他们四个朋友一起去奥斯陆听摇滚音乐会，彼得提供了车，也就这么一次。下次可以是卡斯滕或是第三个人，那个哈尔沃·默克。这是大家预设的前提。所以另外三个人在彼得要求他们付钱的时候觉得他有点大惊小怪了。想想，那都是凌晨了，要拿出钱包，找出钞票和硬币，还要找钱。唉，不要这样，送我们回家吧，我们之后再说钱的事情吧，该死的。是的，肯定是这样，一个美好的夜晚的结尾有点糟糕，因为彼得有时候是会有点难搞，在社交上有点笨拙，是的，我注意到好多次了，比约恩·汉森想着。而且彼得看上去也没有崩溃的感觉，只是有点恼火。晚上他还出去了，去了学生酒吧，很晚才回家，毕竟那是星期六。

很晚了。彼得进来的时候他正好醒来，就看了看钟。12 点 35 分。下一个周六他也醒了。他听见儿子锁了门，蹑手蹑脚地穿过公寓。他看了眼钟，过 12 点 30 分了。后一个周六他又醒了。他没想看钟的，但还是看了。他不应该这么做的。12 点 35 分。是的。他的儿子在出去玩之后回到家，12 点 35 分。这根本不是什么"特别晚"。正相反，这是一个年轻人周六晚上出去玩回家的最"自然"的时间。

比约恩·汉森明白了。他不能再否认这一点。这就是证据。没有人愿意和他的儿子在一起,起码是不愿意超过必要的程度。儿子的脚步声会在深夜 12 点 35 分响起,规律到几乎可以把它当成闹钟,这就是证据。他自己也知道的。这才是最糟糕的。他在试着掩盖这一点,起码是对我隐瞒,比约恩·汉森想。我的天!他心里在惊呼。但是,比约恩·汉森终于明白。他的儿子没有朋友。很显然,没有人喜欢他。

哪怕阿尔戈特都不是他的朋友。那个被彼得说成是自己的指明星的朋友,彼得在军队里形影不离的朋友。是的,阿尔戈特允许他和他形影不离,因此儿子愿意和他来同一所学校,学一样的专业,能够继续和他一起形影不离。是的,彼得梦想这辈子能一直和阿尔戈特形影不离,成为阿尔戈特·布卢姆忠诚的店长。但阿尔戈特在改变主意后,甚至没有告诉彼得一声。彼得想跟着要去奥斯陆听摇滚音乐会的同学一起去,他提出他能搞到车送他们去,就像私家司机一样,于是他们就让他一起去了。这样他们就不用再考虑车的问题。但当这家伙居然要他们付钱的时候,那就过分了。12 点 35 分,永远在 12 点 35 分锁门。

可最糟糕的一点在于，他可以理解他们，理解那些人。他儿子身上有种东西让人不舒服。仅仅是他的声音，他响亮的声音就超过了人们耐受的范围。他能想象出儿子在工程学院的餐厅里，拿着自己的维也纳面包和咖啡，显示出他是在家里吃晚餐的，所以可以省掉这个钱的样子。他和别人坐在一起，听着他们边吃饭边聊天。他们大概会看到他拿着咖啡杯和放着面包的盘子走过来，心里希望他能坐到另外一张桌子上去。可这也太过分了。我儿子想要的无非是参与年轻人最普通的生活。当然，他可以这么做，只是最好不在他们这张桌子上。

从这一刻起，当儿子讲起自己的生活的时候，比约恩·汉森都觉得疼痛。听着彼得说起时下流行的节奏，还有他和比约恩·汉森说话时那种炫耀的语气，让他感觉很痛苦。因为他明白了一切。但彼得不知道比约恩·汉森知道了，他还是像从前一样，投入地说着自己在外面玩的时光。地下室里电子音乐的力量，几乎是神圣的声音。当下那些目标明确的验光师学生们，他们不允许自己被践踏，等到他们最终在挪威，甚至北欧各地工作的时候，他们希望彻底革新当前的光学领域。

他也会提起他的同学们，比约恩·汉森听着他带着善意，时常还带着钦佩的口吻，心里感觉很酸楚。他还会说自己住在闪亮着"CITY"的霓虹灯牌下的孔斯贝格，在这个文明的，高科技的挪威中部的城市里，说我们的时代是如此无情，会将那些格格不入的人淘汰掉。彼得·科皮·汉森想到的是那些投身于昔日流行的专业的年轻人，他们在之后找工作的时候，道路会非常窄。而他从北欧唯一能够学习验光学的学校出来之后，他就领先别人很多了。彼得完全没有掩饰自己选择到孔斯贝格工程学院学习验光是多么明智的选择，还说幸亏他现在没有在沃尔达学传媒。是的，本来也有可能是这样，但生命总有那么多偶然性。不仅如此，他补充道："当我第一次接触到验光学之后，我就完全和传媒说再见了。我完全不怀疑什么才是正确的选择。"比约恩·汉森听着他尖细的声音充满整间公寓，甚至盖过了开着的电视的声音。

在这种时候，比约恩·汉森不禁在想，如果他知道父亲知道他其实过得怎么样会怎样。让他自己也感到惊讶的，是他发现这可能并不会有什么区别。彼得还是会说一样的话，用同样的声调，在同样的地方发出尖厉的声音。这个被冷落、被抛弃的年轻人，其实真的对自己的时代还有自己时代的同龄人非常有兴趣，服装，音乐，行为还有他的梦想。可你是那么孤独，我的孩子，比约恩·汉森可能会这么说，可儿子大概也会不在乎地笑笑。孤独，是啊，他会这么说。这是青春的本质啊。你没听过我们的音乐吗？它连接我们的共同点不就是我们能够公开地表达每个现代的灵魂中最深处的见鬼的孤独吗？大声的，仿佛嘶吼般，声音穿过房间，扔向墙的方向，比约恩·汉森想彼得会这么回答的。一个年轻人的孤独是非常正常的，父亲，他会这么说，比约恩·汉森想，但在这一刻他感觉到了刺痛，因为他注意到，在儿子住在他这里的两个月里，他从来没有听到儿子和自己说话的时候用"父亲"结尾过。

当然比约恩·汉森还可以向他指出，别人但凡有可能，都会避免和他接触。他可以说彼得开车送他们往返奥斯陆，结果他们连像一群朋友一起去奥斯陆那样分担汽油的账单都不愿意。彼得也会有话说。"是的，他们刚开始是没准备和我一起去。但我一说我能借到你的车，他们就开始感兴趣了。可那又怎么样？人生不经常是这样吗？大家总是会用上自己能用的手段。我用了你的车，我开车带他们去奥斯陆。这是'硬跟着去'吗？或许吧，但我想要跟着去。但是，哪怕我想跟着去，我也不会没有原则，不被另一种方式要求。有一天，我会被用另一种方式邀请的。但在那之前，他们就得付油钱。"他想彼得会用尖细的声音这么回答的。在这种情况下，他会用特别自然的方式想要说服父亲。是的，彼得对任何事都有解释，说这不过是一个年轻人生活中正常的插曲，它不会影响他，他会往前看。只有 12 点 35 分这个时间点比约恩·汉森想不出彼得会怎么回答。

某种角度上，他几乎觉得这是一种解脱，因为他让彼得在自己的幻想中说出了那些答案，它们完全符合彼得的形象。是的，儿子每周六晚上回家蹑手蹑脚地走进客厅，不想吵醒父亲，可其实父亲还是会醒来，看到时间，感觉尴尬。起码已经过了午夜，这也让他对自己的儿子微微放下了一点心。他疑惑自己儿子被自己的同伴们嫌弃和拒绝这一点会让儿子尴尬，揭示出他的孤独，而这也会让他们已经很难达成共识的关系雪上加霜。他完全是在自己的幻想中达成的，是的，在幻想的边缘，他想。

因为连他自己也不是很确定自己喜欢儿子，

他唯一的后代。他曾经对儿子无可救药的孤独产生过怀疑，而这被他周日深夜准点 12 点 35 分回家蹑手蹑脚的脚步证实了，他太明白这其中的原因了。他无法忍受儿子爱说教和自夸的性格。这给他带来勇气，尤其是当彼得用这种方式来表达对自己所处的这个时代的热情的时候，他必须投身其中，而且他的儿子也明显是在为自己的生活奋斗，为了他自己冰冷的生活抗争着，比约恩·汉森想。彼得的生命之火就是用这种方式显示出来的，而这就是他的后代，他的血肉，他的基因，寻求在还未出生的生命里延续。就是这种生命之火让他感觉害怕。这在他和父亲的关系里一直如影随形，就好像他时刻在说："不要收买我。你无法用钱把我买回来成为你的儿子。在这个房子里，我是房客，你是房东。"彼得用自己的方式表达着这种距离感。但他也并没有因此拒绝作为比约恩·汉森的儿子所能享受到的好处，因为他很确定彼得会和他的同学炫耀这一点。他很怕冒犯到自己的孩子，怕彼得认为他是用这种手段要他接受自己以父亲身份的接近。这会让他生气或是沮丧。他有很多想要给他，但因为害怕彼得觉得他在强迫自己成为"儿子"而放弃。每次他接受

128　　　　　　　　　　　　第 11 部小说，第 18 本书

什么,比如食物,都是父亲做出安排,让儿子能够在不作为"儿子"的前提下吃掉,这也表现出他身上独特而强大的生命火花。虽然他还没有办法与之和解,因为这其中没有感恩(可有多少年轻人是感恩的?他们为自己的未来努力都来不及了!),也没有羞愧(他觉得年轻人应该要有这种羞愧感),但他必须承认他对儿子同学经历的,以及他们努力忍受的那种坚持不懈找到了一种准确的表达方式,但也没有更多了。彼得想成为验光师。他经常说起孔斯贝格工程学院在这个领域的地位,好像这是他因为自己的勤奋得来的一样。不过,他很少说起专业的事情。他一点都不关心验光这件事本身,哪怕他在这里就是要学这个的。他几乎觉得这是为了进入这个有着美好未来的专业所需要付出的代价。他曾想过为什么彼得的成绩那么好,不去学像是医学、工程学这种专业,这显然对他来说很遥远,他完全没往那里想过。阿尔戈特肯定不是所有问题的答案。毕竟,如果他在服兵役之前就已经有很清楚的志愿想成为医生、社会工程师或是律师,阿尔戈特是不可能让他改变主意去学验光的。对他而言,一直是在传媒和验光学之间做出的选择,而他根据这种偶然性选择了正确的方向,验光学。这个选择在外人看来可能是值得商榷的,但彼得自己对此的确定更是让人难以理解。传媒意味着权力。这种能用秘密的语言将自己的知识用图像和书面的方式展现在电视上的专业一定是很吸引彼得的。但他依旧选择成为验光师,用光学的知识矫正不良的视力。他在没有阿尔戈特的影响下做出这个选择是不可想象的。当他真的这么做了决定,肯定说明阿尔戈特的影响大过于他加入现代媒体人的世界的梦想,以及享受这其中的权力和充满冒险的生活的梦想,那与在眼镜店后面的操作间中安静地穿着白大褂的生活截然不同。但在那里,在眼镜店后的操作间里,彼得·科皮·汉森会掌控一切,理解一切。这是他的目标。阿尔戈特没有来。他对自己在学的专业也没有什么兴趣。他可以离开,他预设的目标已经没有了,但他还是留了下来。他的同学们不喜欢他,只是能够容忍他在食堂吃饭的时候和他们坐在同一桌。可是在晚上他可以和自己的父亲坐在一起,热情洋溢地讲着孔斯贝格工程学院的事,说他精彩的学生生活,时令的节奏,从特隆赫姆高等学院来的客座教授给他们上课,他非常酷的同学,尤其是阿尔维卡来的奥克·斯文松，他简直是个明星。他找到了自己的位置。他找到了自己如何能够在这个环境里放上自己的标签的方法。

据彼得说，是这个瑞典人奥克让他有了这样的想法。我们这里有四十个学生，他曾经说，那客人会选择谁呢？肯定是最好的。但从顾客的角度上来说，我们都是最好的。三年之后，我们所有人都能在技术上让顾客满意。到时候我们所有人都学有所成了。我们中的任何一个人都能为任何眼睛找到合适的镜片，也能够看出哪些人的眼睛有病症，建议他们去看眼科，哪怕那些在眼科专家来上课的时候打瞌睡的人也能把生眼病和单纯视力有问题的人分开。视力有问题的人就是我们的目标，我们每个人都能给他们配出合适的眼镜或是隐形眼镜。我们能为他们提供的服务都是一样熟练的。只有我们自己才能看出一个验光师比另一个要好一些。但客户依旧会有偏好，喜欢这一个人多过另一个验光师。有些人会成功，有些人会很难。在现实中，是谁能够在大家都很熟练的情况下成功呢？是的，是能够给客人提供附加服务的人。能提供美的人，奥克说，时尚的眼镜。

这些话对比约恩·汉森的儿子产生了巨大的

影响，他从来没有想过要开自己的眼镜店，他只是想要成为阿尔戈特·布卢姆的助手，或是像他那样的人。能够解读潮流才是让一个验光师脱颖而出的能力。能够具体地解读时尚，将它具体体现在一副眼镜上。能看到这一点才能看到验光师的未来。彼得感觉开窍了。是奥克让他有了这样的想法了，为此他会永远感谢奥克·斯文松，他说。是他把这些话种在了他的心里，这是彼得经过思考，藏在心里的话。父亲知道彼得会在这里和自己兴奋地讨论，但他永远不会在和同学一起的时候这么聊天。他总是在听，不开口。因为这样他就有了先手，他明白这一切究竟是怎么回事。当然，他是要学习专业知识的。但除此之外，他们还必须了解自己所处的时代，它的潮流，这才是当前最核心的存在。

比约恩·汉森看着自己的儿子。他能想象他成为验光师的样子。一家眼镜店里助手的样子。他无法想象他成为律师、医生或是经济学家的样子。他也想不出他做媒体人的样子，无论是在广告、电影行业还是电视台的主持人。他的选择是对的。他本身没有多重视这个专业，这算是一个偶然的选择，将会带来一个稳定的未来，因为验光师的数量供不应求,这和学媒体的人太多形成了鲜明对比。他的儿子,成为验光师,能为顾客配出正确的眼镜。他对自己抓住了时代而感到无比骄傲,几乎是用神秘的方式拿出一副匹配脸型、时尚或是经典风格的,完美适配客人的眼镜。这不仅仅是他的儿子,这是他的儿子的梦想,和他的存在的目标。

很显然,他从瑞典来的奥克那里得到的想法解锁了彼得的一些东西。不是说他现在的学习是漫无目的的,虽然在他开始学习之前,他来这里的原因已经不存在了。他也在好好读书,只是说,他没有什么特殊的目标。或许他还有着希望,在他内心深处隐藏的希望,有一天阿尔戈特会写信来,解释一切,让一切又变好。他一直在学习,好让时间过得快点。但他现在可以往前看了,看到他毕业的那一天,在两年半之后,他的未来不再需要一个用这种令人费解的方式背叛了他的朋友。他还像从前那样孤独,但这一点更不容易被察觉了,除了孤独的时候,在 11 点 30 分到 12 点 35 分中间,让他意识到自己被自己的同类排除在外。

秋季学期就快结束了。彼得很快就要回纳尔

维克的家过圣诞节。他们合住在公寓里,父亲已经知道在家里有个年轻男人是什么样了。比如,在他想去洗手间的时候发现那里有人。等他进去的时候,儿子用的香水、润肤露、须后水、止汗棒、洗发水等等的气味依旧弥散在空气中,遮盖住儿子本身更原始的体味,像是儿子这个毛茸茸的存在的不可否认的证明。他看到他早晨进到洗手间,轻松自信,穿上年轻人会穿的衣服。他晚上,或是下午晚一点的时候回家,在微波炉里热一下剩下的晚餐。比约恩·汉森是因为儿子要来和他一起住才买的这个微波炉。然后他就回自己的房间学习,也可能是去休息。但他之后会出来坐在沙发上和他聊天。聊这些东西。他会吐槽其他同学,说他们都不明白验光师要怎么参与人类的启蒙,他们以为只要有点基础知识,知道脸型、框架和玻璃的关系就够了。他也会吐槽奥克,虽然是他让他有了这个想法,但奥克根本没有深入去理解自己说的内容。他以为这只是个随口一说的想法,有趣的小事,可以开开玩笑,起码只是半认真地说的,并不是真的认真。彼得却一样。"脸长的女人配大眼镜,"他笑着说,"这样女性的脸就会显得更温柔。"他们觉得只要学会这样基本的规则就够了。但想想，女性的脸也不一定要柔和啊。我们一直强调女性的脸应该是柔和的，这种想法难道没有问题吗？可能是因为我们觉得强调女性长脸型的坚硬会让她以一种更神秘和强烈的方式呈现出闪闪发光、干净的、坚强的样子。应该给她配一副方形的镜框配薄的镜片。这完全是被他的同学奉为永恒的真理的规则的对立面。但是，永恒的真理是不存在的，只有繁忙的生活节奏，不同的情状，这给了人们无限的可能性。情状是天，而完美的人是这其中的星星，彼得说，充满激情地说，语气里充满了真诚和宏大的激情。哦，要是他的儿子能谈谈验光学就好了！谈谈那些能让儿子在未来用到工作里的知识，玻璃 -2.5 到 -1.7 的曲率。但这种必备的知识并不能将儿子的心智提升到更高的境界，让他为现实生活做好准备。现在彼得说的东西。彼得想要告诉父亲的东西。一次又一次地。有关生活，有关他的未来，他现在已经能看到的未来。只有生活，令人着迷的生活，他的时代。现在他知道了自己能如何影响它。他的眼睛睁开了。他一直说，一直说，用他高亢尖厉的声音。他没有看着他，但声音直接入耳。儿子塞满了他的耳朵。这和他曾经想过的完全不同,比约恩·汉森的整个秋天都在等待,等着彼得"攻击"他。为什么他在唯一的儿子只有两岁的时候就丢下了他?他不知道这意味着他生活的一面墙倒了吗?他一直在等彼得和他说,他在十四岁之后就再没有来看过他,因为他在等父亲明白,他不再来到这里,因为他没办法忍受失去的感觉。但彼得从来都没有这么"攻击"过他。他一句都没有提过他们之间的事,没有一句话,没有一次回忆让彼得成为比约恩·汉森的"儿子",相应地,让他成为彼得的"父亲"。"攻击"没有发生。但比约恩·汉森一直等着。他已经准备好了自己的回答。他对自己的行为从不后悔,因此他也不能主动做任何让自己表现出是彼得的"父亲"的样子,让彼得做自己的"儿子"。他知道自己无法说出"后悔"这个词,因为他知道,哪怕给他再一次的机会,他依旧会这么做的。于是他放任自己的儿子,只有彼得能修复关系,如果他想的话。但彼得并不想。他不知道父亲在说什么。他对此无动于衷。彼得说的反倒是对自己所处的精彩的时代的感想,开明的人们,这是他全部的权利。他们的父子关系被诅咒了。一晚又一晚,这个孤独的年轻人坐在那里,和自己的父亲说教着外面的生活和他的未来。他稚嫩年轻的面容上有着和比约恩·汉森一样的特征,彼得的脸上带着自信的表情,说着他要如何改变未来。他想要的那么触手可及,在他的想象里,他会成为阿尔戈特·布卢姆眼镜公司在奥斯陆城市购物中心(OSLO CITY)的连锁店新的店长,或是别的地方的眼镜店的。他第一次想让父亲相信,他也未必一定要去阿尔戈特·布卢姆眼镜店,毕竟别的可能性还很多。比约恩·汉森听着。他很克制地坐在那里,让这些话灌进他的耳朵里。他只是说,"哦""这样啊""你是这么想的""嗯,这么想也没错"。但这对彼得其实也没什么意义。他一直说,一直说,用兴奋单调高频的声音。比约恩·汉森真希望他能住嘴。他快忍受不了继续听儿子讲他如此骄傲地从属于这个现代的世界的证据了。它的时尚,优雅,他的儿子已经能用自己在现代的生活中的愿景,诠释创造出框架眼镜的潮流,说这多么让人惊叹。儿子没有住嘴。他一直说,一直说。早晨,在比约恩·汉森的睡意还没有完全从身体中消失,还没有准备好开始新的一天的时候,儿子就可以站在厨房的案板前,边切面包边高声谈论这个时代的节奏和理解它的重要性。"一脸稚嫩","好像从你鼻子里喷出来的一样",穿着他内容丰富的衣橱里的衣服,他自信而又自负地告诉比约恩·汉森这个时代的优秀,就好像他自己身在其中,而不是被排除在外那样。然后他会带着自己的面包和咖啡进到房间,父亲总算能安安静静地吃一顿早饭。可与此同时,他的内心也觉得有些愧疚。

或许是我误会了一切?他想。或许这就是一个"儿子"的分享。或许这就是"儿子的声音"。一个年轻人和自己的父亲分享他将要开启的远征,在外面的世界等待着他的冒险。这是个讯息,是他从外面带回来给自己的父亲的讯息。如果是这样的话,那个声音是不是就代表了分享者是父亲的继承者,将会把他的生命延续下去的意思?是不是比约恩·汉森的儿子和父亲分享他会怎么去抓住火焰?可能是这样,可能是这样的。在这种说教中或许依旧是"儿子"在说话,有些距离,但或许还是"儿子"在同他说话,努力像"儿子"一样和他接触。比约恩·汉森被拿捏住,变得不安。如果这种分享中确实含有这样的信息,如果这确实是从他的"儿子"那里传递过来的,就像是一个静静的问题,是的,一个沉默的希望,希望他的父亲从内心深处,给予他自己的认可?一点点火花?要点燃他们中间的关系?有可能吗,彼得想要的是这个吗?这是彼得可以做的,但他自己把可能性扔掉了。他是想他知道吗?不用"攻击"的方式,不是那种他一直在等,等了好几个月的方式,而是这种非常不同寻常的方式。突然,比约恩·汉森意识到,儿子一直说,一直说,用他那种说教、自信和居高临下的方式,其实他一直想表达的,是一次又一次的"和我说点什么吧,父亲。给我一点认可,认可我将要体验的人生,认可我准备过的人生。说吧,父亲"。是不是儿子在过去的好几个月里,自从他来到孔斯贝格,像客人一样住进父亲的公寓以来,他一直一直地在请求,寻求一句肯定的话?可能是这样的。这真的是一个"儿子"坐在那里,尝试讲述自己的生活,自己人生的目标,想要获得自己的"父亲"的肯定?比约恩·汉森惊讶地发现这个想法让他无法忽视。如果真的是这样,那他给予彼得的肯定会让他在彼得的眼中真正成为父亲,而最终真的和自己的儿子团聚。他说出这样救赎的话,他们之间的诅咒就会停止了。但哪怕是这样,也没有什么用。一切也可能正相反。因为他无法给予彼得这样的肯定。如此简单，如此令人震惊。彼得可以一直这样说下去，说下去，继续对他说教，用自己过于高亢的声音，什么都无法改变。我可怜的，没有父亲的儿子，他想。

圣诞也将来到孔斯贝格。彼得在圣诞节前有一次考试，然后他就收拾行李准备去纳尔维克的家过圣诞节了。他走的时候只有一个箱子，父亲送他去的车站。火车来了，父亲伸出了手。"我会回来的，"彼得说，"圣诞节后。和你住在一起很愉快。"父亲笑了笑，祝他一路顺利。你圣诞节后会再回来的，他想。但你不会待太久。我知道。

圣诞节到了。比约恩·汉森安安静静地度过了圣诞，一个人，只有在圣诞节第二天去贝丽特和赫尔曼家吃了晚饭，就和往常一样。1月初的时候，彼得回来了。1月中旬比约恩·汉森去了维尔纽斯。

维尔纽斯在哪里？它在欧洲的某个地方，似乎也无法说得更准确了。你需要从孔斯贝格坐火车去奥斯陆，从奥斯陆的福尔内布机场出发抵达哥本哈根的凯斯楚普机场，在转机大厅等一个小时，然后登上去终点维尔纽斯的飞机。经过一小时二十分钟的航行，你会降落在立陶宛首都机场。

如果往东开,这里离明斯克二百公里。往北三百公里是里加。往南四百公里就是华沙。距离圣彼得堡六百五十公里,距离莫斯科九百公里,距离柏林八百五十公里。这是柏林和莫斯科的中间,欧洲的某地。从这里去波罗的海沿岸立陶宛最重要的港口城市克莱佩达,那个海滨度假胜地也只有二百五十公里。

比约恩·汉森来到了维尔纽斯。他站在典型的苏联风格的立陶宛酒店十八层的房间里,靠着窗口看着内里斯河对面的城市。一个古老的欧洲小镇。一座城堡耸立在山顶,还有格季米纳斯塔楼,山下是城市,教堂、楼房、塔楼和城墙。比约恩·汉森被窗外的风景吸引了,决定出去走一走。他很快穿过一座石头桥,到了河对岸的老城。那是十四世纪延续至今的古城。几百年来,立陶宛人、波兰人、白俄罗斯人和犹太人居于此地。现在的立陶宛人里也有很多俄罗斯族人。这座城里街道狭窄,铺着石板,散发着焦炭味。升腾起的烟雾笼罩在城市上方。这是焦炭和油烟的气味。比约恩·汉森穿着西方的,在挪威人看来很无聊的衣服匆匆穿行在街道里。所有人都在看他。他们站在狭窄的门口盯着他看。他们穿着陈旧的衣服，手插在腋下，蜷缩着身体。他们看向他的目光中闪烁着好奇。他是美国的特使。卷心菜和土豆。街道边商店里的布料。一个人推着一辆装满了空奶瓶的手推车，吱嘎作响。比约恩·汉森匆匆地从街道中走了出去，觉得有些不舒服。十六世纪至今的城市大门，圣卡西米尔大教堂，十八世纪的剧场，大主教宫。新建的市政厅是十八世纪的。大学是十六世纪的，就坐落在圣约翰教堂旁边，格季米纳斯广场，格季米纳斯大教堂和一旁独立的钟楼。叮当。

　　天气很冷，他在发抖。这是冬季。人们在狭窄的街道中匆匆穿过。这是维尔纽斯阴沉沉的一天，很快就要下雪了。是的，在这座城市里，在中欧风情的场景下，比约恩·汉森看到了雪。白雪湿湿的，厚厚地降落到维尔纽斯。从很久之前起，维尔纽斯就被称作是立陶宛的耶路撒冷。在两次世界大战之间，它是波兰的一个省城。天空中落下大朵大朵的雪花，落在地上，被大地吸收，消失。在巴洛克风格的建筑群中，在蜿蜒的狭窄街道里，厚重的雪花落下来，落到人们厚实的肩膀上，打湿了他们的头发。很快，街道上挤满了小朋友，他们想要去抓住空中的雪花。他们突然从街道旁狭窄的房屋里跑出来,身上穿着校服,还带着书。他们匆匆地把书放到房子边,窗户下,墙头,楼梯上,然后冲到街上用热切的双手去接雪。他们一碰到空中的雪就拍一下手,节奏很快,仿佛是希望能够抓到足够的雪做个雪球。比约恩·汉森匆匆地穿过城市,这些奇妙的,突然的景观自动自发地出现在他的眼前。他回到了内里斯河上的老石桥,然后回到自己在城市这一边的立陶宛酒店。

他进到立陶宛酒店的前厅里,抖了抖头发上的雪,它们都已经变成了水。前厅很深,有点黑,是二十世纪六十年代那种豪华的风格。地板上铺着厚厚的地毯,昏暗的灯光,长长的前台末端闪烁着微弱的灯光。桌子前站着一群人,他们夸张地比画着热情的手势。比约恩·汉森匆匆地走了过去,因为他认识这群人。他也属于这群人。他们正是立陶宛的主人们正在迎接的人。比约恩·汉森是作为一个挪威代表团的成员来到维尔纽斯的。他被选中作为挪威市政府代表团的一员,来教立陶宛人什么是民主。现在站在这里欢迎他们的人,都是要和他们学习的人。他们要和这些立陶宛人交流讨论。之后,这些人将在这个已经宣布独立的原苏联共和国担任地方政府的重要职务。此行大概的目的就是挪威人要给立陶宛人一些建议，看地方民主如何用合理的方式运营，既能领导当地的居民，又让他们能参与到治理中来。在这样的代表团里，有一个挪威的税务官是很正常的，这个纳税官是比约恩·汉森也很正常。他在这一行已经做了快二十年了，而这段时间里他在挪威各级税务协会中都担任过职务。

会议在前厅的这次会面之后正式开始了，地点就在挪威代表团下榻的酒店里。在这之后还有三天的会议，还穿插了在维尔纽斯的参观和一天在立陶宛周边的游览。最后一天晚上是一场盛宴，然后挪威代表团会返回奥斯陆。对整个会议，比约恩·汉森没什么好说的。他一直都心不在焉，这当然也是因为晚上主人的热情好客。虽然他注意到，从第一次见面就注意到挪威和立陶宛的官员的会面中有些奇怪的东西。挪威人被捧上了天，这比他觉得自己应得的捧得更高，而这并不是因为他们个人的能力，而是他们所属的这个系统。

立陶宛人做梦都想穿上比约恩·汉森的鞋子。他们觉得他的鞋是最优雅的，他们也毫不掩饰地对它指指点点。这让比约恩·汉森觉得自己穿着的鞋子变得很奇怪。同时他的手表也受到了很大的关注。他们看着戴着这个手表的人,就好像这是多么优越的一件事一样。立陶宛人会问他几点钟了,哪怕他们自己也戴着手表。他们会拉住比约恩·汉森的手,看他的手腕,听他用德语说时间。其实,立陶宛人没有在听,他们只是看着,目瞪口呆地,看着比约恩·汉森的袖子往后缩了一下,露出表盘,这他曾经做过千百次,之前没有引起过任何反应的动作。这些人并不是立陶宛最底层的没有文化的人,不是直接从没有上过学的农民中选出来的。他们接受过高等教育,是被指定要成为新的立陶宛的地方领导者的人。他们代表的是新立陶宛的脊梁。比约恩·汉森不是唯一一个因为穿着自己的衣服,就被他们的无限崇拜包围的人。整个挪威代表团都遇到了一样的情况。代表团里好些都是清醒的,年纪大一点的来自挪威市一级的官员,就算有,他们中也只有很少的人的着装风格能被称为是优雅的。就因为这样,整个挪威代表团的气氛特别热烈也就一点都不令人奇怪了。对比约恩·汉森而言,这也让他明白,他准备来立陶宛执行的计划是不可能失败的。

第二天他在早饭前离开了酒店，打了辆车。他很激动，但也很平静。他让出租车开到了维尔纽斯最大的一家医院。关键在于要找到正确的那个人，只要找对了人，一切都可以解决的。希厄茨医生给了他一些好的建议，让他要怎么做，他需要找什么样的专家，需要在系统里位于什么位置的人。当出租车停在一座巨大的医院门外的时候，他在德语-立陶宛语字典的帮助下，找到了鲁斯汀瓦斯医生。

他对鲁斯汀瓦斯医生说他要做的事情可能听上去有点奇怪，但他还是希望医生能完整地听完他为什么来找他。鲁斯汀瓦斯医生点了点头，让他继续说下去。医生三十多岁的年纪，穿着全世界医生统一的制服，白大褂。比约恩·汉森说完了自己的请求。在他讲述自己想请医生做的事情的整个过程中，医生一次都没有表现出生气的样子。他没有瞪眼睛，也没有扬起眉毛。虽然他说的那一切显然是闻所未闻的事，医生也显得完全无动于衷，毫不在意。对他来说，这都不是什么事。他听着，等比约恩·汉森说完，耸了耸肩膀，说如果汉森先生真的要这么做，他也没有任何原因反对。但是，他接着说，这样的一个手术显然不可能是免费的，不过汉森先生事先肯定是知道的。唯一要确定的就是他只能收现金，再次确定一下汉森先生在离开自己的国家到这里来的时候是否已经做好了准备。比约恩·汉森确认了这一点之后，鲁斯汀瓦斯医生点了点头，显然对这个新病人很满意。只有当比约恩·汉森说出自己愿意付的价钱的时候，鲁斯汀瓦斯医生惊呼了起来。他没听错吧？这真的可能吗？这个西方来的人要给他一万美金？他几乎不用干什么？鲁斯汀瓦斯医生又重复了一遍金额：一万美金？现金？比约恩·汉森确认是这样。鲁斯汀瓦斯医生站起身，握住了比约恩·汉森的手。很显然他很激动，哪怕他想努力隐藏这一点，都藏不住。鲁斯汀瓦斯医生的手都在颤抖。

比约恩·汉森在这次谈话后付了一千美金的定金，他们仔细地计划了后面的步骤，然后比约恩·汉森就回到了立陶宛酒店的会议。他在午饭前到的。没有人觉得他整个上午消失有什么奇怪的，毕竟前一天晚上他们喝得太多了，那些立陶宛的参会者很高兴地欢迎了他，围绕在他身旁。他参加完后面所有的活动安排，会议、观光、晚餐和派对，完全没有显示出自己的心思其实完全不在这里。他喝酒很控制，虽然喝得少，但做出一种醉醺醺的样子。在最后一晚的酒店晚餐之后，他们继续到酒店的酒吧庆祝，然后再去酒店的房间继续喝。这是称兄道弟的时刻，比约恩·汉森也让自己和他们一样。他被邀请去一个立陶宛人的房间，他们还有好几个人打算一起继续喝，通常的情况下，他是不会拒绝的。不过现在他说他一会儿再上去，他说因为他想呼吸下新鲜空气。他的笑容有点颤抖，说话的声音瓮瓮的，让人确实相信他需要透透气。于是他拿上外套，把钥匙交到前台，如同惯例那样，走入了1月的深夜。等他走出了酒店的视线范围，他直起身子，迈着坚定轻便的脚步穿过街道。这天晚上下着雪。就像上一次那样。又重又湿的雪降落在欧洲这个稀稀拉拉的灯光点缀的城市维尔纽斯。他到医院的时候，鲁斯汀瓦斯医生正站在台阶上等他。

　　他被带进了医院，从后门台阶进去，到了一个放着一张床的房间。这是他的房间，单人间。鲁斯汀瓦斯让他一个人留在房间里，自己去做些准备工作。他把衣服脱下来，挂在高柜子里，房间里没有什么别的家具。他躺上了床。过了一会儿，鲁斯汀瓦斯医生和两个护士进来了。在鲁斯汀瓦斯的监督下,她们用纱布和胶布把约恩·汉森包了起来。

第二天早晨比约恩·汉森没有出现,这让大家有点担心。他没有下来吃早餐,也没有在酒店前台和挪威代表团一起集合去机场。他的箱子也没有出现在挪威代表团提前放在酒店前台,由行李员看管的行李中间。他们去问了前台,发现比约恩·汉森的钥匙在前一天晚上被交回来之后就没有再被取走。他们打开了他的房间,发现他不在那里,但东西都还在。他们打电话给机场,想确定一下他是不是在那里,无论他因为什么奇怪的理由,自己提前没带行李就直接去了机场。大家现在真的开始担心了。去机场的大巴已经在等,但比约恩·汉森却无影无踪。突然,立陶宛代表团一个代表忧心忡忡地过来了,把挪威代表团的团长拉到了一边。他说他从医院得到消息,比约恩·汉森因为车祸被送进了医院,接受了手术,伤情很严重,但没有生命危险。

现在怎么办?飞机很快要起飞,他们去机场的时间已经很紧张了,但他们能就这样走了,留重伤的比约恩·汉森一个人躺在立陶宛的医院里吗?或许他们中的一两个人应该留下来陪他?立陶宛代表团的团长表示这并不必要，因为首先他肯定不愿意这样的，另外他会得到很好的照顾。如果真的有什么事，挪威驻华沙的大使馆也会得到通知，很快大使馆的秘书就会到这里探望他的。这让挪威代表团稍微安心了一点，他们按照预定时间一起回国了。

比约恩·汉森在维尔纽斯的医院躺了好几个星期。他是鲁斯汀瓦斯医生的病人，其他人没有得到医生的允许都不能靠近他。鲁斯汀瓦斯和别的医生一起来查房的时候，他们站在房间中央，他会听到鲁斯汀瓦斯压低声音和别的人说话。有的时候鲁斯汀瓦斯会和一群护士一起来查房，简直就像是一场小小的游行。每天都有一个护士来给他换绷带，仔细地给他涂药膏。有两个护士轮流做这项工作，就是第一天晚上给他包扎起来的护士。她们很年轻很可爱，对他的照顾无微不至。她们会和他讲立陶宛语，在发现他完全听不懂的时候，就冲他微笑。有一次她们两个人一起跟着鲁斯汀瓦斯医生过来，他听出他们在讨论他的事，她们看上去都有点难过。鲁斯汀瓦斯医生会走到他的床旁边，很担忧地看着他。或者他会坐在他身旁，抓住他的手腕看脉搏，然后用听诊器听听他的心脏。每天他都会挂在床头的表格上做些标记。

那天鲁斯汀瓦斯医生给他打了一针,让他感觉晕乎乎的。很快医生带着另外一位说挪威语的先生来了,比约恩·汉森听到了,但他头太晕了,几乎没听清楚他说了什么,想要做什么。在那之后鲁斯汀瓦斯医生说那是挪威驻华沙大使馆的一个外交官,然后他指指比约恩·汉森床边的小桌子,那上面有花和糖果。第二次他来的时候比约恩·汉森状态好一些了,他就给他带了一堆挪威的报纸和可以读的东西。

鲁斯汀瓦斯医生对他的治疗非常郑重,也有日常的医学观察。他还怀疑他吃的不是医院正常的餐点,而是特别供应,因为他对自己的餐食没有任何意见。鲁斯汀瓦斯医生有时候对他说鼓励的话,有时候说表示同情的话。那一天,他带来了消息说他受的伤害不可逆,因此他必须接受现实,他的余生都只能坐在轮椅上了,他说的时候握着他的手。那时,他坐在比约恩·汉森的旁边,是的,他把原来放在床对面的凳子搬了过来,他仔细地安排了位置,在他说话的时候,眼睛能看着自己的病人。那天他也带了一队护士。他们站在墙边，当比约恩·汉森得到这个信息的时候，他们都面色沉重，看着前方，异常悲痛。即使是那天晚上给他包扎，后来轮流给他换药的那两个护士也是如此。她们站在那里，就像是在歌剧背景中身着白衣的希腊合唱团。

也有别的人来探望他。先是立陶宛代表团的团长，他就住在维尔纽斯，然后还有挪威驻华沙大使馆的官员。他们来的时候，鲁斯汀瓦斯医生都在场，立陶宛人来的时候他经常会主导谈话，直接用立陶宛语和他讲，讲这场意外，和它对这个挪威病人造成的影响。挪威官员来的时候，鲁斯汀瓦斯医生没有说什么话，但他就像背景一样，一直待在那里。最后的这次探访也一切顺利，他们一直说着些有的没的，很明显，这位外交官也并不太想直接了解比约恩·汉森到这家医院的原因。

他是鲁斯汀瓦斯医生的病人，他对他的照顾无微不至。他经常会一个人出现在比约恩·汉森的床边，坐下来看他。他会问他感觉怎么样，然后看看有没有什么需要做的治疗。他会突然聊起自己。他是立陶宛人，天主教徒。他会说起立陶宛的草原，他在那里长大。他会说他憎恨俄罗斯人，但他也得感谢他们。如果不是因为他们，他也成不了医生，估计还在种地。如果没有他们，维尔纽斯不会成为立陶宛的首都，而只是波兰的一个城市。或许明天维尔纽斯又会成为波兰的一座城市。这得看德国人的了。我们流浪了很久，也会继续流浪。或许会去第聂伯河岸吧，我也不知道。但如果德国人要夺回什切青和布雷斯劳、加里宁格勒、但泽和梅默尔，波兰人肯定就会要回维尔纽斯，那我们就会被迫继续踏上向东流浪的旅程了。但我肯定会没事情的，鲁斯汀瓦斯医生接着说，因为上帝在我们身后。他这么和自己的病人说。这个奇怪的从西方来的人，躺在床上，被绷带包扎着。一个人坐在他的身旁，从病人自己的角度看，一想到发生在他身上的事情，好像就会为他哭泣。但鲁斯汀瓦斯医生不这么想。他碰到这种事情的时候心里总会有点忐忑。但他喜欢坐在比约恩·汉森的床旁。比约恩·汉森想这两个可爱的护士一定是什么都知道的，她们也是共犯。但别的人应该什么都不知道。只有鲁斯汀瓦斯医生和两个黑头发穿着护士服的美女知情。

鲁斯汀瓦斯医生坐在这个奇怪的改变了他的生活的男人的身旁。或许这就是他经常到这里来的原因，就是为了接近这个男人。是他让他的生活充满了可能性。在比约恩·汉森出现在他生活中之前他想都不敢想。一万美金，从天而降，直直落到鲁斯汀瓦斯医生的帽子里。一个富有的男人心里有了个疯狂的想法。这个被包扎得严严实实的从西方来的男人，这是上帝送给鲁斯汀瓦斯医生的礼物，所以医生尽心尽力地给比约恩·汉森做着治疗。总有一天，鲁斯汀瓦斯医生肯定是会把这件事说出来的，比约恩·汉森想，但肯定不会在我离开之前。他会把这作为他犯下的罪，还是人生路上给他祝福的奇迹呢？

这两个护士对比约恩·汉森的照顾也是一样。她们非常尊重他，对他非常温柔。有一天鲁斯汀瓦斯医生推了一架轮椅进了比约恩·汉森的房间，两个护士跟在他的身后。两个护士帮助比约恩·汉森上了轮椅，然后鲁斯汀瓦斯医生指导他怎么用，也用隐晦的语言给了他一些建议，一个瘫痪的男人会是什么样的表现，无论是被抬到轮椅上，还是坐在上面的样子。两名护士把比约恩·汉森推到了走廊里，然后到了阳台。比约恩·汉森能感受到立陶宛春天的气息。鸟儿在唱着歌，树枝上爆出了芽。很快他就要离开医院，离开维尔纽斯了。最后这一个星期，他忙着习惯坐在轮椅上，他经常到走廊上，或是坐在阳台上，膝盖上盖着毯子。他坐在那里的时候，鲁斯汀瓦斯医生会过来坐在他旁边，和他说出生在立陶宛是什么样子。他带来了他的老相册，给比约恩·汉森看照片。看他的父亲，合作社的农民。看他的母亲，胖乎乎的立陶宛农村妻子。他的三个兄弟和姐妹。妹妹的照片被他放在一个吊坠里，因为妹妹已经去世了。她十六岁的时候死了，所以他把她的照片放在吊坠里挂在脖子上。他还看到了鲁斯汀瓦斯医生小时候，青少年，学生时代和刚当上医生时候的照片。还有鲁斯汀瓦斯的太太和两个孩子的照片。他们的照片是在一间狭窄的，塞满了家具的公寓里拍的。鲁斯汀瓦斯太太也是医生。她也在这家医院。很可惜您没有见到她，鲁斯汀瓦斯医生说。他们的两个孩子分别是六岁和八岁。所有的照片都挤得满满的，大家排成一排。摄影师和他们在一起。摄影师是孩子的父亲，鲁斯汀瓦斯夫人的丈夫，父亲和母亲的儿子。照片的装饰满满当当的，所有的东西都放在老旧的餐桌上，除了拍照的鲁斯汀瓦斯医生之外，全家人都坐在它的旁边。鲁斯汀瓦斯医生梦想着罗马帝国的和平时期。在德国罗马帝国围墙内的立陶宛的和平。它能阻挡德国在波罗的海沿岸和奥得-尼斯线的扩张，波兰人，立陶宛人和白俄罗斯人能在那里永远和平共处。俄国人就像是新罗马城墙外的蛮族。鲁斯汀瓦斯医生的孩子坐在桌子边看着他。鲁斯汀瓦斯太太盯着他。学生时代的鲁斯汀瓦斯盯着他，他的手搭在另外一个同学的肩膀上，两个人都神秘莫测地看着他。鲁斯汀瓦斯年老的母亲看着儿子，这个刚成为医生的儿子回到了村庄，带着照相机想给母亲拍照，通过这照片，她似乎也盯着他看，这个从西方来的男人。鲁斯汀瓦斯医生没有问过比约恩·汉森任何关于他家庭的问题。他来自墙的那一边，没有任何历史。他是从外面来的，富有，陌生，他向鲁斯汀瓦斯请求帮助，就此改变了鲁斯汀瓦斯医生的人生和自我，不管是因为这样或是那样不可言喻的原因，他想要瘫痪坐上轮椅。鲁斯汀瓦斯医生没有向他提出任何问题，他也没有提出任何有关那个富有的世界的问题。

然后，比约恩·汉森出院了。他被推进鲁斯汀瓦斯医生的办公室，拿到了一些盖了章的书面材料，那是他在维尔纽斯医院期间的详细病情纪录。之后他被那两位黑头发的护士推着送去了机场。她们并排站在轮椅后面，每人一只手握着把手，推着他去了办值机的柜台。一个人帮他办手续，另一个人站在轮椅后等着。之后她们又一起推着他过安检，到了国际出发的大厅，还是两个人并排，站在他身后，就像两姐妹。在过关的时候有一个北欧航空公司的空姐在那里等着他。那两个立陶宛的护士把轮椅交给了这个女人，从这里开始她会负责之后的行程。但在她们把他移交给空姐之前，她们两个人俯下身，轮流拥抱了他。她们都哭了。

这太出乎意料了。看上去很冷淡的空姐往后退了一步，比约恩·汉森也是一样。他缩起身子，开始紧张自己要被推过海关，等着他的还有通往机舱的长长的走廊。空姐很快接过了轮椅的扶手，推着他过了检查，穿过一扇关着的门，他的眼睛盯着前方，没有回头，所以他也没有再看到并排站着目送他消失在自动门后面的两位年轻护士。他走进了自己的世界，她们在大门关上之前，一点都没看到那边的样子。

他被安排在飞机最后一排，边上有一个单独的预留座位，推他过来的空姐坐在了那里，就在他身边。在飞机起飞的过程中，空姐的一只手一直扶着他的轮椅把手。在送食物和饮料的推车过来的时候，他摇了摇头，在这段航程中，"他的"空姐负责送饮品。他一直盯着前方，缩着身子，陷入了深深的思考。他在回家路上了。他很害怕自己永远不会像从前那样了，这种恐惧让他的整个身体开始颤抖。他害怕自己无法完成自己的计划。他在欧洲某个地方的上空。在一架瘦瘦长长的飞机的最后面。他蜷缩着身子，坐在一架轮椅上，眼睛直直地盯着前方。当飞机要降落的时候，空姐坐在了他身边的座位上，抓住了轮椅的把手。在凯斯楚普机场，他被交给另一位空姐，负责他从哥本哈根到奥斯陆的最后一段旅程。在福尔内布机场，孔斯贝格医院的救护车的人员接手了他。他们站在那里等着空姐把他推出走廊。国际到达的大门打开，过了海关，高声的挪威语说话声就传了过来。两个穿着白大褂的男人很快接手了他。他们站在那里等着他。

挪威已经是春天了，只是还有些冷，他在从机场门口到救护车上短短的路上感觉到。已经是4月中旬了，这是安静的一周的周二，还有两天就要过复活节了，今年的复活节日子特别晚。他离开了八个星期。救护车穿过德拉门河霍克松开到了孔斯贝格。他不是一直都很喜欢挪威的田园风景吗？沿着德拉门河岸，在德拉门河霍克松中间那段，还有霍克松到孔斯贝格的那段，平缓的田地和陡峭的山坡。那两个穿白大褂的人坐在前座上，他们在讨论这复活节假期要去哪里，比约恩·汉森坐在后面，坐在自己的轮椅上，像之前那样蜷缩着身子。他们到了孔斯贝格医院之后，他和轮椅一起被抬了下来，直接推到了正在等他的希厄茨医生那里。

希厄茨医生像普通医生那样接待了他，友善地，有距离感地。医生办公室里还有护士协助他。护士帮他一起把比约恩·汉森从轮椅上搬到了检查床上。"我瘫痪了的腿，"比约恩·汉森想着，"记住这一点。"但只有希厄茨医生给他做的检查，护士和比约恩·汉森没有任何的身体接触。在检查之后，比约恩·汉森被送去照 X 光，希厄茨医生陪着他。医生亲自给他拍的片，他没要人帮忙，自己把比约恩·汉森翻了个身，然后自己留在那里等片子出来。比约恩·汉森被推回了希厄茨医生的办公室。他和护士单独待在一起，没有说话。他闭着眼睛躺在床上，身上盖着一个床单，直到希厄茨医生手里拿着 X 光片子回来。他看上去有点忧心忡忡的样子。他冲护士做了个手势，他们一起把比约恩·汉森从检查床上扶起来，搬回到轮椅上。"我瘫痪的腿。"比约恩·汉森想着。希厄茨医生让护士先出去，让她去拿点文件过来。这是为了让他们俩单独待一会儿，护士当然是心领神会的。

希厄茨医生用担忧，友善，低沉的声音，充满同情地告诉他，他们刚刚的检查结果和孔斯贝格医院之前收到的维尔纽斯那边做出的诊断结果完全一样。比约恩·汉森必须努力像男人一样接受这一切，没有任何别的办法了。希厄茨医生知道接受所有的希望都破灭是多么痛苦，但他对此也无能为力。希厄茨医生完全能理解比约恩·汉森会陷入一种自怜的状态，这或许会持续好几个月。这太自然不过，但他还是希望比约恩·汉森能尽快意识到生活必须，也能够继续下去，他还是社会的一部分，他们的社会会投入很多的资源确保残疾人也能拥有充满价值的人生。

比约恩·汉森无奈地想要和医生眼神交流。他在他的眼神中寻找着。他坐在那里，睁大眼睛，想要钻进希厄茨医生的眼睛里，穿过那永远透露着疏离的眼睛。它们依旧是那么遥远，不让比约恩·汉森的眼神透过去。他在比约恩·汉森看过来的时候转开目光。他听到那个瘾君子医生说着这个社会将尽可能地让比约恩·汉森拥有有价值的人生。他说他知道比约恩·汉森现在很难过，但他应该要知道，在这一刻，所有人都会尽可能地帮助他，支持他。在他说这话的时候，他的目光落到了他的轮椅上，用疏离、友好的目光，没有透露任何他们曾经有过的，或是会让希厄茨医生放他自由的东西。他用同样友善的目光回应了他。门口传来轻轻的敲门声，护士走了进来，在医生的桌子上放下了一叠要填写的文件。一切尘埃落定。

他被从医院送回了自己的公寓，被放在了那里。他一个人了。比约恩·汉森坐在轮椅上，坐在自己的公寓里。过了一会儿，门铃响了，比约恩·汉森推着轮椅过去开门。这不太容易。他必须先打开门锁，然后他得转过轮椅，自己往房间里推，这样才能有足够的空间让外面的人打开门进来。那是家庭护士。一位六十多岁的女士，很友善，她是来帮助他的。

她问他晚餐想吃什么，他没什么特别的想法，于是她笑了笑，说那她就买点她觉得好吃的。过了一会儿，她带着一大袋子食物进来了，他付了钱。她给他做了三文鱼配黄瓜沙拉。在他吃饭的时候，她在房间里走了一圈，布置了一下。她买了一些花和装饰物。黄色的复活节花被她放在了桌子和架子上。十多支黄色的郁金香被她放进了两个花瓶里，一个摆在茶几上，一个摆在了窗框边。她在他的盘子边上放了一张艳黄色的餐巾纸。"这样就很有复活节的气氛了。"她说。等他吃完，她收拾了盘子，杯子和餐具，把它们都清洗干净。然后她就离开了。

他坐在轮椅上，坐在新打扫完的（玛丽·安做的收尾）、被装扮好的公寓里。儿子不在，他留下了一封信。信里说他找到了一个单间，住起来会更方便一些。毕竟他从来也没说过他要一直住在这里，只打算住到他找到另外的住处为止。现在他找到了，那是在市中心外的一个住宅区里的别墅地下室，他有自己的独立入口。复活节假期的时候，他会过来探望他一次，因为他不打算出去旅行，会留在家里看书。此致，敬礼，彼得。

复活节假期里，每天都会有家庭护士来给他做饭，帮他打扫屋子，帮他做他需要做的事情。

复活节期间有两个人换班，过了假期之后，他认识了更多人。他们有钥匙，可以自己开门进来。在复活节假期结束前，他们就开始坚持让比约恩·汉森也参与到做饭的过程中里来，这样比较好，他们说。人总是得试着尽量自己的事情自己做，这样对你比较好，自力更生也是生命信仰的源泉，他们说。

有一天，门铃响了，响了两下。但比约恩·汉森没有开门。不管是因为什么原因，他感觉这是蒂丽德·拉默斯，而他不想见她。自从他从拉默斯别墅搬走之后，过去的五年里他没有见过她，只有几次远远地看到，他就转身或者绕道走了。她也没有来找过他。但在门铃响起的时候，他觉得敲门的就会是蒂丽德·拉默斯。她的内心一定是想来看他的，亲眼看着他坐在轮椅上。然后他们可以和解，她用她的怜悯宽恕他。他想方设法不被人看见，避免在现在这个状态下和蒂丽德·拉默斯说话。当然，敲门的也不一定会是蒂丽德·拉默斯。这也可能是赫尔曼·布斯克，比如。但他也不想给他开门。不是现在。还不是现在。

事实上这也不是赫尔曼·布斯克。他在复活节后打电话给他。复活节那段时间他出去了。他想要过来看看比约恩·汉森，但比约恩说他现在还做不到，他需要自己先坚强起来，赫尔曼·布斯克很理解。但一个星期之后他又打来了电话，之后大约每个星期打一次。比约恩·汉森依旧不愿意见他，但原因和他不想被蒂丽德·拉默斯见到完全不同。

复活节后的一天，他穿过财税办公室所在的市政厅旁边的街道。推着轮椅穿过孔斯贝格的街道对他来说并没有什么问题，无论是身体上，还是心理上。他和几个不太熟的认识的人打了招呼，他们问候了他，他也尽量自然地回应了。他进了市政厅的大厅，但没有到二层财税办公室的楼层。他们没有费力地把他的轮椅抬上二楼，他手下的工作人员到了一楼，推他到了问询台后面的房间。他们给他带了咖啡、圆面包和维也纳面包，这是他们让最年轻的工作人员匆匆忙忙去买的。他们说他看起来状态不错。

然后他和他们道了别，推着轮椅到了街上。这时候市长来了，和他聊了几句，财税办公室的同事们都回去工作了。他们干巴巴地聊了一会儿，市长还仔细地问了问他的幽默感是不是还在（在市政厅我他妈的从来没什么幽默感，比约恩·汉森想着），然后他切入了正题。在病假过了之后他有什么打算。市长预设比约恩·汉森之后会申请残疾保障，这样他们就可以很自然地开始招聘新的税务官了。市长觉得尤伦·麦克是个不错的候选人，他问比约恩·汉森怎么想。比约恩·汉森整个人都愣住了。他从没想过自己要结束税务官的工作，他一直觉得自己可以很自然地像从前一样工作，毕竟除了从一楼到二楼需要一些具体的安排之外，他的一切和从前没有什么不一样。但对市长来说，比约恩·汉森在残疾之后，注定会结束税务官的工作，没有什么讨论的必要了。但他说他也不用完全远离市政厅的环境。"我们肯定可以把你的岗位调整成顾问的。"他说。比约恩·汉森没有说话。如果他真的是残疾了，他会强烈抗议的，但现在不是时候，他现在没有这种力量。他一脑子糨糊，推着自己出了市政厅，穿过大街小巷，回到了他在新桥那边的家。

在家里。在他自己的公寓里。在一架轮椅上。孔斯贝格的前税务官。五十一岁。日子就这样过去了。时间这样过去了。家庭护士对他很满意。他们觉得他很积极。他表现出很好的把握自己的每一天，自己解决那些小问题的愿望，在很短的时间里,他已经能够自己买东西、做饭、洗漱、洗衣服(除了那些特别难处理的,比如床单)。他的家务工作只剩下了打扫(玛丽·安不做了,因为她春天就要毕业了),还有那些比较厚重的衣服的清洗。所以保洁员一个星期来一次。每天护士会来看他一次,就是来看看他,看他有没有需要帮助的事。比如去拿一本放在书架高处的书。或是可能发生了什么事情,他自己处理不了的。日子就这样过去了。时间过去了。每天的高潮就是去超市的探险,去购物。刚开始的时候,出公寓的门就是一个大工程。然后进电梯,出电梯,出大门,之后就可以走上去超市的马路。在那里总是很凉爽,地板很滑,轮椅推起来很轻松。早上的时候那里人很少,他几乎会是货架中间唯一的客人。他就在琳琅满目的选择中,像在马路中间那样推着轮椅。路两边是牙膏、洗衣粉、橙子、香肠、奶酪、牛奶、绿色的苹果、红色的苹果、汉堡包。他会在里面花很长时间,可以待超过一个小时,在超市里的街道里上上下下,选择他需要的东西。他和工作人员熟悉起来,柜台的女士们,她们跑来跑去,把新来的西红柿、肉饼、奶酪、柔顺剂什么的放到货架上去。他觉得她们喜欢他。他是非常无害的客人，不打扰，不啰唆，不沉溺于苦难。他所有的行为都是友善的，内敛的。

他也会自己去洛根河边，或是推着轮椅穿行在城市的大街小巷里。他经常会碰到老熟人，聊几句，看上去大家都为他能够这么平静地接受自己的命运松了口气。他对此感到尴尬吗？并不会。他觉得他们的反应都带着一种说不出的距离感，就像是儿子在复活节的时候来看他的时候那样。门铃响了，他去开了门。蒂丽德·拉默斯会站在门口的这种事情基本是不现实的。赫尔曼·布斯克不会这么做。他会和比约恩·汉森在电话上聊天，这样他可以在碰到他不想继续深入的话题的时候挂上电话。门外站着的可能是卖彩票的孩子，也可能是家庭护士三个女人中的一个，或者是保洁员——一个三十多岁的黑人，每个星期来一次。他担心自己被发现吗？完全不会的。他的情况太让人不敢相信了。护士们来家里的时候，他也不需要坐得正正的，不用担心自己的每时每刻是不是表现得很正常。哪怕他有时候因为着急，或是不小心做出了一个有经验的护士能一下子看出髋关节以下瘫痪的人做不出来的动作，她们也不会注意到。因为她们完全不可能想到他会这么做，于是她们哪怕看到了，也会像没看到一样。是的，哪怕她们看到他在轮椅上半站起身去够书架上的书，她们也不会相信自己的眼睛的。

就是因为有希厄茨医生的安排，才能让他能够这样生活，完全不害怕被发现。是他向他解释，他不需要担心，哪怕是最初在医院的检查，他也非常冷静地请护士来协助他。那个护士也没发现任何可疑的迹象，她甚至还帮着一起将这个城市的税务官从轮椅抬到检查床上。比约恩·汉森在那个时候还是非常注意让自己保持着瘫痪了的样子，毕竟他在这个领域还是新手，很容易被目光敏锐的护士发现。如果他的情况还能挨到一点现实的边的话。但当然他的秘密根本与现实无关。

这一切都是希厄茨医生计划的，比约恩·汉森只是执行人。在希厄茨医生的指导和令人信服的解释后，他模拟出了这些效果。不过，医生最重要的安排还是让他能够确保比约恩·汉森不会和那些可能会发现他的秘密的人接触。在没有希厄茨医生在场的情况下，另外的医生，康复师和理疗师，那些打算为他计划康复治疗和训练复健的人，那些有可能会发现他们的秘密的人都不能单独接触到他。松纳斯康复医院是个威胁，但有了希厄茨医生的签字，比约恩·汉森就不用和他们打交道了。希厄茨医生说这个患者没有必要被送到那里去，在家的训练会更有效，也更便宜，这一点令人难以拒绝。为了避免孔斯贝格的理疗师给比约恩·汉森做治疗，希厄茨医生得做点手脚，他自己是这么说的，但这也可以安排，除非这个事件因为别的原因被揭发，他们是不会被发现的。

比约恩·汉森坐上了轮椅。在他自己的公寓里。他在公寓里坐着轮椅转来转去，打发时间。他很喜欢自己去凉爽的超市和在街道上的探险。他没什么好为自己难过的。这是他的计划，而且真的被执行的，执行得很彻底。只是归根结底，他是希厄茨医生的作品。

在他开始将自己视作是希厄茨医生签名的作品的时候，他觉得心里很不舒服。比约恩·汉森必须承认，他很明白，希厄茨医生用自己的知识和医院，将他锁定在了轮椅上，终其一生。他是可以阻止这一切的（那个复活节的星期二，当比约恩·汉森被用轮椅从维尔纽斯送到他那里的时候，就在孔斯贝格医院，在只有他们两个人的时候，他可以说：算了，我们停止吧。那样的话比约恩·汉森就不能继续下去了)。但他不敢这么去做。相反,他毫不留情地加快了这一切的速度。在这种让人难受的气氛中("危险的游戏"),他推动了这段旅程的最后一段,将他推到了彼岸。到了那里,就没有在不给他们俩(以及鲁斯汀瓦斯医生)带来灾难性后果的情况下可以走的回头路了。直到那一刻之前,他们俩都可以没有责任(但对鲁斯汀瓦斯医生来说就不是了)。如果希厄茨医生揭发比约恩·汉森是在装病,不会有任何证据指向他(哪怕作为一种假设的可能,比约恩·汉森指认他)。因为如果这样,比约恩·汉森显然是疯了,他会被认为是有病而必须接受精神治疗。等治好病,他才能重新开始自己身为孔斯贝格税务官的工作。但是,希厄茨医生毫不犹豫地将这件事情继续推动了下去,在这件事情真的终生生效之前,他并没有问过比约恩·汉森是不是真的想这么做。这就好像希厄茨医生害怕坐在轮椅上的比约恩·汉森会知道自己一直都会留在轮椅上,而他本来不需要这样。如果他在最后这小小的一个步骤里没有尖叫,没有在最后的时刻为自己尖叫,在这毫无意义但充满危险的游戏成真之前尖叫,这就会成为一辈子的事情。希厄茨医生的动机是什么？是什么力量在推动他？

为什么希厄茨医生会将这件事情进行到底？将一个健康人用这种方式固定在轮椅上能给他带来什么样的快乐？这肯定不是为了看他坐在那里，要不然比约恩·汉森也不会在9月初的时候发现自从五个月前在孔斯贝格医院的"检查"之后，他就没有见过希厄茨医生。刚开始的时候他觉得这是因为希厄茨医生不想冒险来探望他，因为比如有些人，比如说家庭护工会"撞见"他们在一起。可这又怎么样呢？一位医生来看望自己的病人，会产生什么样的怀疑呢？完全不会，起码不会在他们"撞见"一次的情况下有怀疑。何况这基本是不可能的。哪怕希厄茨医生经常来看望比约恩·汉森，固定频率地来都不会有什么问题。不过，希厄茨医生给他打过电话。他们曾经通过电话。三次，在最近的两个月里。那时他就仿佛是很关心病人的医生，打电话来鼓励他。他会用温柔的语气问他过得怎么样，然后在比约恩·汉森说"生活必须继续下去"的时候赞扬他。他给了他一些建议，让他增强上肢力量，因为手臂可以实现很多之前手臂和腿一起完成的任务和功能。最后他会问一些实际的问题，比如比约恩·汉森是不是在市长的建议下申请了残疾人福利,他还问了比约恩·汉森是否收到了他应得的保险金。保险金额其实也不太大,只有十六万克朗,这是普通旅行保险最高的赔付额了。在他给他打的三通电话里,希厄茨医生都问了这个问题,因为这才是将希厄茨和比约恩·汉森的命运紧紧地联系在一起的东西。在他们俩的约定里,希厄茨医生可以拿到一半的保险金。是的,在计划的过程中,他们曾经讨论过比约恩·汉森是否应该去投保更大额的保险,但后来放弃了,因为如果在这个事件发生的不久前去投保高额保险,那风险就太高了。三次通话中都提到了这个旅行保险,希厄茨医生给了他一个秘密的信号,他并没有"忘记"它,或是放弃他们共同的计划。虽然计划已经实现了,但他依旧觉得对此有义务,这让比约恩·汉森松了口气。

9月初的时候,保险公司通知保险赔偿金已经发放到他的银行账户了。他让家庭护工帮忙去取了两万克朗。几天之后他和儿子一起去取了两万五千克朗的现金,他给了儿子五千克朗,儿子特别高兴。他是在孔斯贝格工程学院外面和儿子见的面。在那里的一个广场上,他坐在轮椅上晒太阳,腿上盖着毯子。他把五千克朗递给儿子,然后自己推着轮椅回家了。然后他打电话到医院找希厄茨医生,告诉他保险金已经收到了。随后,他把四万克朗装进了一个信封,等着。当天晚上希厄茨医生就来了。

比约恩·汉森是坐在轮椅上迎接医生的,他费力地为他开了门,然后在他面前推着轮椅进了客厅。希厄茨医生看到了自己活生生的作品,而这也正是比约恩·汉森自愿进行的项目。这次见面让比约恩·汉森非常难过。在希厄茨医生离开之后,比约恩·汉森坐在原地,完全与世隔绝,手中拿着一张自己的照片。这真正地刺痛了他。刚开始的时候,他很失望因为他每次尝试与医生沟通,都被拒绝了。每一次他发出的邀请信号都被忽视了。希厄茨医生处在轻微的药物影响状态下,他关心的只有钱。比约恩·汉森觉得,这次见面是他们俩之间协议的正式确认,从这个角度上说,当他将信封交给希厄茨医生意味着他履行了自己的义务,而希厄茨医生接受这个信封也确认了他会承担这些责任。因此交钱的这个行为是具有象征意义的,这将会将他们紧密连接在一起。但对希厄茨医生来说根本不是这样,钱才是最重要的，这也是他唯一会在这里的原因。他用他的表现强调了这一点。他不安地环顾四周，当看到比约恩·汉森放在桌面上的信封的那一刻眼神才亮了起来。桌上只放了那一样东西。"这是……？"他问。比约恩·汉森点了点头，然后他一把拿过信封，装进衣服内侧的口袋，然后看了看表。"不好意思啊，"他说，"但我得走了。我有个重要的约会。"比约恩·汉森看着他。这一刻，他开始害怕了。

这不对啊。这应该只是个游戏的。这不是为了钱。当然希厄茨医生从最开始在他要拿多少钱上面是有点黏黏糊糊的。医生说过，只有给他保险金额一半的钱他才会参与。但就在那之后，他自己放弃了去投保一份高额保险的想法，因为这样风险会太高。比约恩·汉森其实并不这么认为，起码不觉得这会是非常大的风险。但不管怎么样，希厄茨医生不愿意承担任何风险，宁愿放弃会直直掉进口袋里的一百万，我们暂且就这么说吧。可为了这区区八万块钱，他就干了这件事情，而且还特别迫切地想要拿到这笔钱。他打了三次电话问钱有没有到账。在钱到账之后，他立刻就来了。这说不通，完全说不通啊。比约恩·汉森再三想，难道他是为了钱吗？为了八万克朗。八万克朗对希厄茨医生来说算什么呢？什么都不算吧。哪怕他有药物问题，但他是可以从医院免费弄到药的。他的钱肯定够用，而且比约恩·汉森认识他那么多年，从来没有觉得他特别贪心或是吝啬。为什么现在他会让比约恩·汉森觉得，他会为了这区区八万块钱做任何事呢？

希厄茨医生在寻找一个让自己能够生活下去的动机，这是比约恩·汉森唯一能够想到的解释。接受这一切，对自己，也对比约恩·汉森。但同时，在这最后一刻，决定性的一刻，比约恩·汉森想，如果他，不管因为什么原因让这一切露馅了，这样他也能被接受。现在只有一种方式会让事情败露，如果不是比约恩·汉森"说破"，就是希厄茨医生"说破"。这时，他就必须找到一个动机来解释他做的这一切。那样的话，他可以说他是为了钱这么做的，比约恩·汉森也能自圆其说，毕竟他注意到了希厄茨医生的行为——比约恩·汉森一拿到钱，他就来了，这是他脑子里唯一重要的事情。动机就是贪婪，是为了经济利益。社会是肯定能接受这样的解释的，毕竟这件事情太糟糕了，除非被逼，没有人会主动这么承认的。但就是这不真实的动机，对希厄茨医生来说都是必要的，需要不惜代价地抛出来。如果希厄茨医生被揭发，那他就完了，彻底完了，希厄茨医生自己想必也是明白的。但这对他来说是必要的，在他想到自己被揭发，彻底完蛋的时候，他可以说他是为了钱干的。在这一点上，他需要比约恩·汉森的协助，因为在设想中的揭露后，他可以确认他的动机，这对他非常重要，甚至让他愿意增加自己被揭发的风险。毕竟现在，从希厄茨医生的角度看，比约恩·汉森可能"败露"的可能性在现在更大了。他会认为希厄茨医生不再是他的同伴，没有道德上的义务帮他打掩护，不揭发他。现在他们的共犯情谊已经没有了，他参与这件事情就是为了能拿到钱。虽然他对这个项目可能有那么一些好奇心，比约恩·汉森觉得希厄茨医生是这么想的。但为什么这变得对他那么重要呢？希厄茨医生肯定是不想任何人关注他真实的动机的吧。他是为了钱这么做的。而不是因为他……哦，希厄茨医生的动机究竟是什么！

　　他真的不知道。不过，他从前就知道希厄茨医生不会承认的。在必须的条件下，他可以承认他让比约恩·汉森留在轮椅上是因为他想要钱，不是为了什么别的。这对比约恩·汉森来说是多么可怕的事啊。他是谁啊，比约恩·汉森？"自愿地"坐上了轮椅？希厄茨医生有多残忍，他的同伴，宁愿自己被看成是贪婪可怕的人，也不想让人家探究他究竟是为了什么。

"这里只有一半的钱，"比约恩·汉森说，"这里是四万，不是八万。我不敢一下子拿太多。剩下的半年之后给你。"医生看着他点了点头。"没问题。"他说。他站起来，脚下绊了一下，他要走了。比约恩·汉森拍了下手："我们约在六个月后吧。同一天，同一时间。"希厄茨医生点了点。他很简短地道了个别，完全没有想要扮演一个对病人很耐心的医生的样子。

希厄茨医生离开后，比约恩·汉森一个人坐着。他对自己未来的命运感到恐惧。他完全是孤单的，他是别人的作品。他是别人的作品，而那个别人却不敢面对自己的作品，不管是在别人眼中还是自己的眼中都是这样。他干了什么？这中间有什么那么糟糕，让希厄茨医生必须从这个和比约恩·汉森共同的项目中撤退？在希厄茨医生共谋下，让比约恩·汉森自愿坐上轮椅这件事里有什么东西那么吓人？对医生来说，是他的动机，还是整件事情？是希厄茨医生的动机，还是比约恩·汉森完全自愿地坐上轮椅这件事更恐怖呢？他参与这件事的动机应该是和比约恩·汉森很相似的，哪怕帮助别人执行这件事，和真正落入这个境地是有区别的。而他自己正是这别人，比约恩·汉森想。他早就不再去想自己的动机了。他已经记不起来最初为什么会有这样的念头。那时候他肯定是有原因的，但他已经解释不出为什么了。他坐在那里努力回想，想找到那根贯穿始终，推动他真的这么去做的红线。这肯定不是因为坐在轮椅上的生活让他着迷。肯定不是他坐在轮椅上，装作瘫痪的样子，欺骗所有人这件事情本身让他着迷。肯定不是对愚弄社会、朋友、认识的人，还有自己的儿子着迷让他做出了这样的事情。但那究竟是因为什么呢？他不知道。但他就是这么做了。而当他想到他自己真的这么做了，想起当时他兴起这个念头时候那种疯狂的吸引力，他能感觉到在自己的内心深处是有一种深深的满足感的。他真的执行了这个行动，让这一切都变成了既成事实。这种深深的满足感与他对这个想法的深深着迷是高度重合的，就是他真的能够执行这个行动，就像是一道回声，一种内心的确认，一种连接，就像河流终于找到了自己的路线，平静地，隐藏地流淌在他的身体里。他可以毫不费力地戳破所有曾经出现，以及会在未来出现的为自己的行为找到理性和合理的解释的想象和想法，因为这样的原因根本不存在。每次他的尝试都会在一阵子后被自己否定。将这个行为说成是"一次行动"，"一次反叛"或是"一次挑战"都让他自己觉得荒谬。他也不觉得自己让大家相信自己瘫痪了，必须坐在轮椅上，而他其实一点问题都没有（除了他的肚子时常还是会疼痛，他的牙齿也会让他呻吟）这件事有什么好的。这其实非常愚蠢，是的，很让人尴尬，尤其是他还占用了公共资源，给卫生系统的人增加了负担。他们都是热心的人，通常都是些理想主义者。这个玩笑让他感觉无比尴尬，几乎让嘴里尝到让人作呕的味道。但哪怕这样，他还是这么做了，这带给了他一种潮乎乎的黑暗的宁静。他不能，也不愿意否认，哪怕他沉默着，没有将这一切说出口，希厄茨医生对成为他的同伴心生恐惧也让他感到了恐惧。他突然意识到他现在完全是一个人了，这件事情让他意识到，从最深层次了解到了"请君入瓮"的概念。他眼睁睁地，坐在原地，在他愚蠢的寂寞中。

是的，这次和希厄茨医生的会面吓到了他。他现在真的是要一个人面对这一切了。在他的公寓里。日日，夜夜。突然，电话响了。是赫尔曼·布斯克。比约恩·汉森高兴起来了。或许赫尔曼·布斯克听说了什么，因为他邀请比约恩·汉森星期天去他加吃晚餐，他答应了。在"意外"之后，他就没有见过赫尔曼·布斯克，他一直拒绝他，但赫尔曼·布斯克经常说他们应该要见面聊，而不仅仅是打电话。不过现在，他终于答应了。

星期天，赫尔曼·布斯克来接他。他上楼到了他的公寓，他们一起离开，坐电梯到一楼，出了门。赫尔曼·布斯克推着他穿过街道，去他在孔斯贝格老别墅区的别墅。那是一个很美的秋日，阳光很好，树上的叶子已经变得金黄。比约恩·汉森坐在轮椅上，他的朋友赫尔曼·布斯克推着他，清凉的风让他神清气爽。赫尔曼·布斯克看上去心情也很好，很高兴。他的语气很轻快，好像什么事情都没发生。他边走，边推着轮椅。他们来到了牙医布斯克的别墅，赫尔曼·布斯克小心地将轮椅推进单行的车道。他小心翼翼地把轮椅抬上台阶，手很稳，然后推他进了客厅。贝丽特太太走出来欢迎他。她身上穿着围裙，从厨房门走出来，带出一阵美味的烤羊肉味。

赫尔曼·布斯克推他进了沙龙，两个男人一起喝着餐前酒。他们喝酒的时候他能听到，也能看到贝丽特太太忙着一会儿在厨房，一会儿到客厅去做最后的摆台准备。然后她走出来，告诉他们晚餐准备好了。赫尔曼·布斯克站起身，将比约恩·汉森推进了餐厅。餐桌都布置好了，就像他之前见过几百次的那样，唯一的区别就是他原来的座位现在没有放椅子，赫尔曼·布斯克把他推到了那里。餐桌上铺着白色桌布，精美的陶瓷盘子，水晶杯，银制刀叉，折叠好的白色餐布放在每个座位上。赫尔曼·布斯克在自己固定的座位上坐了下来。贝丽特把菜端了上来。羊排，白色豆子和烤土豆。羊排的酱汁蒸腾着热气。很简单的做法，味道非常好。哪怕在今天，贝丽特太太依旧坚持将羊排烤得比流行的做法稍微老一点点，肉里不要透着粉红色。虽然比约恩·汉森通常更愿意吃嫩一点的粉色的肉，但没有什么能比得上贝丽特太太的羊排，他一直知道是这样。而现在，他真的为这一顿饭感到高兴。赫尔曼·布斯克打开了红酒,给大家倒上。这就是孔斯贝格的布斯克牙医家星期天的晚餐。

他们的谈话很轻松,没有任何负担,一切就应该是这个样子的。贝丽特和赫尔曼·布斯克都很高兴他们的老朋友和客人又回到了晚餐桌。但在吃饭中途,比约恩·汉森想去厕所了。他很懊悔,他应该记得在赫尔曼·布斯克接他之前在自己家里上厕所的,但他当时太兴奋了。现在他想忍一下,但过了一会儿,他就知道这行不通。非常抱歉,他说,这很麻烦你们,而且对你们来说也不太有趣。赫尔曼·布斯克立刻就站起身来推他去厕所了。这里等待他们的是一个新的考验。厕所对轮椅来说太小了,他进不去。和比约恩·汉森的公寓相反,赫尔曼·布斯克的别墅没有针对轮椅使用者的设施(比约恩·汉森的公寓是二十世纪八十年代建造的新型公寓,因此已经有了这些设施。如果不是住在这个公寓里,我可能也绝对不会有这种想法的。比约恩·汉森经常这么想,当然一半也是玩笑话吧)。赫尔曼·布斯克觉得很难堪。他满脸通红地看着比约恩·汉森。

"我可以的,"比约恩·汉森说,"但我想一个人。"

赫尔曼·布斯克打开了厕所的门，把比约恩·汉森的轮椅放在靠墙的位置，然后迅速离开了。他重新回到了客厅。比约恩·汉森从容地站起身，离开了轮椅。他踮起脚尖走进了厕所。这是他第一次这么做，之前他一直都特别注意遵守这个游戏的规则，哪怕他一个人在公寓的时候，都会以轮椅使用者的视角来完成自己的行动。但现在他站起身，站着撒尿，就像世界上最正常的事情一样。

客厅里，布斯克夫妇在等着他。客厅外，比约恩·汉森站在那里撒尿。要是他们能知道！突然比约恩·汉森有种冲动，如果赫尔曼·布斯克突然走到走廊里，看到他站在这里撒尿。这也不是完全不可能的事，赫尔曼·布斯克可能会担心比约恩·汉森是不是能自己走出厕所，或是有没有什么需要他帮忙的。不可能。赫尔曼·布斯克永远不会做出这么不周到的事情。因为比约恩·汉森说了他想一个人，赫尔曼·布斯克也完全理解是因为什么原因。他不想自己这么屈辱的样子被人看到，比如要趴在地板上爬到厕所那里去，爬到厕所座位上，而且还得再用这么屈辱的动作爬回去。他是信任赫尔曼·布斯克的。他知道贝丽特夫人和他坐在餐厅里,在餐桌边仔细地听着,如果听到什么声音(万一他摔倒了),感觉到他需要帮助的时候会赶紧冲过来。但如果没有,他就不会这么做。他是安全的,不会暴露。他就这样站着,就像这是世界上最正常的事情一样。

但哪怕这样,他还是无法放下那种强烈的想要被人看到的冲动。被突然出现在走廊的朋友赫尔曼·布斯克看到他站着,就像"意外"发生前那样。他很确定赫尔曼·布斯克是会理解他的。他当然会轻呼,但他会将手指放在嘴唇边做出不要出声的样子。赫尔曼·布斯克会张开嘴,不敢置信自己看到的一切。但当比约恩·汉森做出不要出声的样子,他也会照做,点点头,用双手示意他觉得这是个惊喜。他会成为知情人,比约恩·汉森无比希望自己的朋友赫尔曼·布斯克能成为他现在这种无法解释的情状的知情人。或许他们也可以让贝丽特夫人知道,但这点比约恩·汉森还不能完全确定。赫尔曼·布斯克是可以理解他的。当然不是理解他为什么要这么做,而是他这么做了。因为他这么做了,他就可以接受,成为知情人。他很确定赫尔曼·布斯克会理解,也会接受的。如果他在这里的时间足够长,赫尔曼·布斯克早晚会到这里来的。如果他一直不出去,赫尔曼·布斯克和太太贝丽特会交换不安的眼神,而他必须战胜自己不愿意看到朋友不想被别人看到的样子的心理。他自己也不希望看到朋友的这个样子,但如果这是必须要做的事情,他也会做。现在外面那么安静,他还没有进来。站在这里吧,比约恩·汉森想,这样赫尔曼·布斯克早晚就得走出来。他会看到我,这样我就能让他进入我的生活了。但他没有这么做。他尿完之后,抖了抖,踮着脚尖走到走廊里,静静地坐回到轮椅上。这样做是不对的,但这就是他的人生了。他不能这样,不能为了一个美梦,或是一个让人疑惑的梦就让自己的朋友成为同伙。他的命运就是没有任何人知情这令人毛骨悚然的事实,他装成瘫痪的样子坐在轮椅上。他推着轮椅穿过了狭窄的走廊回到餐厅,赫尔曼·布斯克将门开到最大,等着他回来。他们看到自己不幸的朋友的时候,眼睛亮了起来,他们真心高兴他又回到他们家做客了。

日文版译后记

村上春树 作　赖明珠 译

2010年8月，我曾经应挪威一个文化团体"文学之家"的邀请，在奥斯陆市内整整住了一个月。他们告诉我："只要在一个晚上举行一场朗读会，之后可以在奥斯陆尽情玩，住多久都没关系，因为住宿的地方就在'文学之家'这栋建筑里。"对方这么说，我很感兴趣，随口试问："那么，也可以住一个月吗？""当然可以。欢迎，欢迎。"就这么说定。于是我和我太太就到那边接受了他们一段时间的招待，住宿的房间像学校教室般相当宽敞（隔壁是图书室），附有小厨房，可以自己开伙。不过旁边紧邻着一间舒适的啤酒屋兼花园餐厅，我们便经常过去用餐。"文学之家"大门旁也有一家相当时髦的咖啡馆，对面就是王宫，位于一座宽广漂亮的公园内，常常可以看到人们在那外围跑步。据说挪威王太子妃也来参加了朗读会。她从王宫微服出行，穿过大马路悄悄走进来。挪威的王室非常开放，观众看到王太子妃也不会骚动，所以我甚至完全没发现她来。后来听人说起还吓了一跳。

"文学之家"似乎招待过不少来自世界各地的作家，到这里来演讲或举行朗读会，让他们住在这里，不过大家顶多住几天，只有我在那里住了一个月之久，似乎还因此成为一个小话题。前一阵子我在纽约遇到作家唐娜·塔特（Donna Tartt）女士，她说起先前受到"文学之家"的招待，才刚从那里回来，"他们说村上春树在这里住过一个月，还特地带我去看了你住过的那个房间呢"，唐娜笑着跟我说，听完我冒了一身冷汗。

奥斯陆是个相当漂亮的城市。搭乘路面电车可以很方便地到达任何地方，想散步的话，步行距离很刚好，即使住上一个月也丝毫不感厌倦。这里既是挪威的首都，又是最大的都市，但人口并不太多，市容清洁治安良好。8月既凉快又舒适，夜晚甚至还有点冷。然而停留长达一个月之久后，带来读的书果然不够了，因此我到瑞典小旅行时，就在奥斯陆机场的书店找英文书。就在那里偶然看见这本达格·索尔斯塔（Dag Solstad）的《第 11 部小说，第 18 本书》，一本书名实在很怪的小说（原名是 *Ellevte Roman, Bok Atten*，意思是对他来说的第十一本小说，第十八本作品。是什么就说什么，非常直接的说法）。那时候我还不知道谁是索尔斯塔先生，不过因为是挪威作家的英译本，很想知道是什么样的小说，就把书买下来。当然多少也是被那样的书名吸引。上了飞机我在座位上开始翻阅前面几页，竟然欲罢不能，旅途中一有空就热心地继续读下去。我已经好久没这样忘我入迷地读一本小说了。

总之是一本不可思议的小说，这是我读完后合上书，毫不虚假的感想。不仅书名独特，内容也独具风格与众不同。甚至可以说，好在哪里我也说不太清楚。虽然如此，但总之很有趣。一边读心里一边想"这故事到底会变成怎样呢？"一边凝神屏息地读到最后。不过，说真的，这真是满古怪的故事。

要问怎么个怪法，首先是那小说的风格。到底是新还是旧？连这个我都难以判断。文体和情节猛一看似乎相当保守，但整体呈现的模样绝对是前卫的。每次有人问我这本书"到底是什么样的小说？"我都暂且以"这个嘛，可以说是披着保守外衣的后现代作品……"回复，因为除了这样的答复，我也一直想不到更适当的说法。后来我还浏览了索尔斯塔先生的其他作品，发现这似乎就是他小说特有的风格。手法上虽然就是彻底的写实，但在那写实之中却又有着微妙脱离现实的地方……总之，他的写法和时代的流向或风尚，或文坛地位之类的都无关，完全是要彻底追求自己的个人风格，他似乎就是属于这个类型的作家。他的风格，和我所知道的其他任何现代作家都不像，非常独创。我之所以会在读了这本书之后被如此强烈地吸引，原因我想就是他那毫不动摇的独创性。

达格·索尔斯塔是挪威最具代表性的作家之一。半个世纪以来，他发表了许多长篇小说、短篇集、戏剧、随笔等，期间他总共三次获得"挪威文学评论奖"（没有其他挪威作家有过如此的荣耀），作品已经被翻译成三十种语言在世界各地出版。他1941年出生于挪威的桑德尔福德（Sandefjord），1965年出版第一部作品。二十世纪六十年代时他以活跃的年轻作家之姿，陆续发表政治色彩浓厚的创作，掀起正反两面的评论，后来他的书写转向"存在主义"式风格，九十年代，他以带有犬儒讽刺的独特文风和怪异的幽默感，在挪威和世界各地都获得广泛读者的支持。但就我所知，他的作品还没有任何一本被介绍到日本出版过。我因而机缘偶然地成了第一个把这位作家介绍到日本的翻译者，这一点我深感荣幸。这本《第 11 部小说，第 18 本书》1992 年在挪威出版，英译本在 2001 年出版。他的作品在英语圈被介绍出来，算起来也是晚近的事。

  我从刚读完这本小说之后，就一直想如果自己能把这本作品翻译出来该有多好。但很遗憾我不懂挪威语，因此不得不从英语翻译。这就有点麻烦了……我对此一直犹豫不决，因为无论从翻译者或是作者本人的立场考虑，我的态度向来是尽可能避免第二重翻译。不过，在经过种种考虑之后，觉得就算是第二重翻译——当然这要经过原作者认同——我还是很希望亲自动手来翻译这本小说。首先是，无论怎么等我都没听说有人要来翻译此书，再来一点是，索尔斯塔的文章是属于彻底排除感伤成分，极讲究逻辑的类型，而且也极少风景描写之类的笔法,在这层意义上,我想第二重翻译往往会伴随产生的"翻译漏失"应该可以降到最低限度。

总之,索尔斯塔的文体相当特异,故事始终以理性推演发展下去。而且他几乎都是以极短的文句和极长的文句交互出现。短文章就如雷蒙德·卡佛般简洁直率,长文章的逻辑则感觉仿佛像"盒中盒中盒"般,装填得密密实实的。要把那一层层分解剥开,转换成日语的文章实在相当困难。如果照样翻译的话会变成不是正常的日语(因为日语并不那么合乎逻辑),因此必须仔细地分别解剖,有必要适度分节,重新排列组合,才容易了解。此外他的原稿几乎不太换行,文章不分段落章节地写下去,如果照那样的排版印刷,书会变成满页黑压压的。欧洲语和日本语,一眼看上去黑的感觉相当不同,我考虑到阅读时的易读性,翻译时换行不得不比原文稍微加多,这点希望读者谅解。

其次,他的文章几乎看不到所谓心理分析这东西。当然并不是完全没有,不过写到了就写,可能唐突地结束,极度缺乏"因此怎么样"的故事发展逻辑。虽然会描述当时的心理,但读完却对来龙去脉不明确,既不知道来历,也不清楚去向。至少那些文字完全不是说明性的。对读者可以说是一种超现实的"放任不管"的感觉。我一边感觉好奇怪,读完这本书之后,又一边把小说中重要的预备道具、很久没读的易卜生的《野鸭》重新拿起来读,竟发现这本小说跟《野鸭》之间有相当根柢相通的氛围,非常惊讶。两本书中所飘散的空气非常相似,《野鸭》中的出场人物虽然分别有着不同的背景,各自怀着不同的意图生存着,从我们现代的眼光看来(我想象从当时人们的眼光看来,可能也一样),全都是有点奇怪的人。他们的心理和意图在剧本中大致都有了说明,也可以理解,但读者却几乎不可能对他们产生移情作用。为什么呢?因为对那些人的心理和意图,即便各自都有个人的道理,但那些道理之间并没有彼此产生有机的结合。那些彼此擦肩错过或互相碰撞之后,唯有迷失去向而已。而且在这层意义上,出场人物看来多少都显得有点偏执、古怪。而且正因如此,最后终究会遭遇大悲剧。那种擦肩错过的方式,彼此碰撞的方式,在易卜生的戏剧中,和索尔斯塔的小说中,真是令人惊异地相通。说得极端一点,在他们两人的作品中出现的人们，似乎都在刻意避免彼此了解。

这种"作风"是挪威文艺特有的吗？或只是易卜生和索尔斯塔两人之间特有的共通点呢？我不知道。不过，我想读者可以像肤触般感觉得到，由于那里风土的严酷，和人心所处的某种窘困，使得他们虽然如此，依然（或者应该说正因如此所以更加）不得不追求伦理观或道德意识之类的东西。而作者透过那独特灵巧的幽默感（那只在细部极轻微地不断渗出），和虽然压抑却巧妙的说故事手法，非常高明地将那痛切缓和下来。那适度的调和真是美妙，令我感动佩服。

关于小说情节和细部的种种说明，在此就省略不提。因为可能有不少人会在读本文之前先浏览"后记"，但如果这无法预测的意外故事线被事先说出，就算不至于是"走漏剧情"，却也会大大降低读此书的趣味。总之我希望始终保持秘密，让读者读完后不禁哑然，充分享受这故事不寻常发展的阅读乐趣。

我的译本是根据斯韦勒·林斯塔（Sverre Lyngstad）的英译本（Harvil Secker 出版）翻译。就我所知，他的其他小说中被英译的还有 *Shyness and Dignity*（*Genase og Verdighet*, 1994） 和

Professor Andersen's Night（*Professor Andersens Natt*, 1996）。这几本都是长篇小说，属于"行家会喜欢"的类别，评价很高。

此外，这本书的续集《第17部小说》（*Syttende Roman*）已经在2009年于挪威出版了，目前还没有英译本，因此很遗憾我无法阅读。不知道故事后来会有什么样的发展，非常期待。

关于作品中专有名词的表达方式等，承蒙将我的书翻成挪威文的译者伊卡·卡明卡（Ika Kaminka）女士和东京挪威大使馆诸位的协助。至于日译本的审核，则受到中央公论新社的横田朋音女士和校对者土肥直子女士的照顾，深深感谢。

2015年3月 村上春树

（本文出自中央公论新社出版、村上春树日译的《Novel 11, Book 18》的后记。全文由赖明珠女士翻译。经授权收录此书中。）

Afterword by Haruki Murakami
© 2015 Harukimurakami Archival Labyrinth
All rights reserved.
The afterword originally published in the Japanese edition of
 "Ellevte roman, bok atten"
by Chuokoron-shinsha, Inc.
Chinese (in simplified character only) translation rights
arranged with Harukimurakami Archival Labyrinth, Japan
through THE SAKAI AGENCY and BARDON CHINESE
CREATIVE AGENCY LIMITED.

日文版译后记中文简体字翻译权由台湾新经典图文传播有限公司独家授权使用